I0654974

M. K. WAUTHOZ

La Mort pour Compagne

Dans la même série

La mort pour maîtresse
La mort pour divorce

Du même auteur

La Statue-Dragon : IL

A paraître

La Statue-Dragon : Le livre de Gwendegarde
La Statue-Dragon : Le Voleur d'Ames
La Statue-Dragon : L'Apogée du Mal
La Statue-Dragon : Déesse Edox

ISBN : 978-2-9601346-0-5

© Matthieu Wauthoz, 2013
Tous droits réservés

Mon nom est Caroline. J'avais dix-sept ans lorsque tout a commencé et je m'apprêtais à rentrer en terminale. Il m'est arrivé une chose inconcevable et, je ne parierais pas ma vie ... ce serait inutile, mais vous ne pourrez sans doute pas à y croire. Pourtant, tout ce que je vais vous raconter n'est que la stricte vérité. Il serait bien trop faible de dire que cela m'a changée ; plus qu'une transformation, ce fut une véritable métamorphose.

Alors que tout enfant ne devient adulte qu'au terme d'un long processus d'apprentissage de la vie, je fus plongée dans une vie d'adulte, voire plus encore, beaucoup plus rapidement – presque instantanément à vrai dire et bien malgré moi.

Que vous croyiez ou non à cette histoire, j'espère que vous aurez le courage d'aller jusqu'au bout. Si d'aventure vous abandonnez en cours de route, sachez déjà que je ne vous en voudrai pas, peu d'entre vous y arriveront...

Bonne lecture... et surtout, bon courage...

Livre 1

PRISE DE CONSCIENCE

June me regardait depuis un certain temps déjà en souriant mais je n'avais rien remarqué, trop perdue dans mes pensées. Nous étions couchées sur son lit à regarder le plafond ce qui avait suffi à mon esprit pour s'évader.

— Alors, encore perdue dans tes pensées, m'interpela-t-elle.

— Oui, pardon, dis-je d'un ton monotone.

— Ta mère ?

Un sourire crispé suffit à confirmer.

Deux ans auparavant, ma mère était morte d'une grave maladie de dégénérescence cérébrale. J'ai oublié le nom scientifique de cette plaie même si mon père en parlait souvent, mais c'est un peu comme Alzheimer sauf que ma mère n'avait que trente-sept ans.

Elle était avocate et travaillait dans un grand bureau en ville avec son ami Geoffroi.

Quand la maladie s'est déclarée, mon père, un biochimiste de talent, arrêta immédiatement tous les projets sur lesquels il travaillait pour intégrer l'équipe ad hoc de son labo. Il travaillait jour et nuit, ne rentrant presque plus à la maison.

Il pensait faire ce qu'il fallait, ce qu'il *devait* faire.

Mais je n'en suis toujours pas convaincue aujourd'hui. Pendant ces trois années où la maladie força peu à peu maman à arrêter de travailler, elle ne pouvait plus conduire, elle ne savait plus cuisiner, peu à peu elle perdit la mémoire, ne nous reconnaissant que sporadiquement et dans les derniers instants, plus du tout. Elle finit par devenir comme un légume... et mon père n'était pas auprès d'elle. Il avait peur de la perdre trop tôt et finalement, le jour de l'enterrement, il se rendit compte qu'il l'avait perdue trois ans auparavant.

Remonter la pente lui fut très difficile... et pour moi aussi d'ailleurs. À ce moment encore, deux ans plus tard, je pensais à elle tous les jours. Parfois, j'avais l'impression que c'était encore plus dur pour papa que pour moi car certains soirs, il s'affalait devant la télé et zappait un programme quelconque qu'il ne regardait même pas, juste pour donner le change. Mais je voyais bien quand il était perdu dans ses pensées et parfois, je surprenais une larme couler le long de sa joue.

Pour trouver le courage de vivre encore, il continuait à travailler énormément. Ses horaires n'étaient pas réguliers. Parfois il partait tôt le matin, avant même que je sois levée et, parfois, il n'était pas encore rentré quand je me couchais... et parfois les deux. Heureusement que j'étais très indépendante.

Je ne lui en veux pas de cette attitude, car il a toujours été là quand j'avais besoin de lui et je n'ai jamais manqué de rien. De plus, quand il était à la maison, il était très gentil et attentionné. Il trouvait même le temps d'aller faire les courses alors que je lui ai répété que c'était de mon ressort. Bon, comme tout père qui se respecte, il était incapable de penser aux bonnes choses, mais je saluais l'effort.

— Allons, ma cocotte, continua June, pense un peu à

autre chose. Tu te rends compte que dans deux heures tu rentres chez toi et tu n'as pas dit un mot sur Marc de toute la journée. (Un large sourire narquois illumina son visage.) Ça fait quand même deux semaines que tu ne l'as pas vu et tu le retrouves dans deux jours. D'habitude, tu es plus impatiente que ça, dit-elle malicieusement.

— Je sais. Bien sûr que j'ai envie de le revoir, mais ce n'est déjà plus pareil qu'au début.

C'est vrai qu'en pensant à Marc à cet instant, je n'avais plus le cœur qui battait la chamade, plus ces picotements dans le ventre que je pouvais ressentir au début de notre relation. Avant, la seule évocation de son nom faisait surgir un tas d'émotions que je n'éprouvais plus alors. June me tira à nouveau de mes réflexions...

— Ça, tu l'as déjà dit. Alors, qu'est-ce que tu attends pour l'éjecter ?

— Et en prendre un autre ?

— Non, pas nécessairement. Tu peux rester un peu seule et quand un autre t'attire, tu fonces. Je suis déjà restée des mois sans personne. Et crois-moi, ça fait parfois plus de bien que d'être avec quelqu'un, ajouta-t-elle avec un clin d'œil, souligné d'un sourire taquin.

— Arrête ! dis-je en lui assénant une petite tape sur l'épaule.

— Mais si, je t'assure !

— Stop ! Je n'ai pas besoin d'en entendre plus. Je veux bien te suivre dans beaucoup de tes délires, mais pas celui-là. Je ne suis pas désespérée à ce point, dis-je avec une pointe d'agacement.

— Ça n'a rien à voir avec le désespoir. Si tu n'as jamais exploré ton propre corps toi-même, comment veux-tu guider Marc pour te faire grimper au rideau ?

— Marc s'en sort très bien.

— Comment peux-tu le savoir ?

— Il n'est pas mon premier.

— Oui, mais il n'a pas plus d'expérience que les autres. Ils sont jeunes et n'ont pas encore à l'esprit de nous satisfaire, et surtout, ils ne savent pas encore comment faire ni employer différentes méthodes.

— Attends, ne me dis pas que tu as déjà essayé avec un plus vieux ! (Elle sourit malicieusement.) Non ! Oh ! (Je lui frappais l'épaule) Mais tu ne m'en as jamais parlé…

— Mais non, je rigole. Je ne suis pas perverse à ce point. Mon raisonnement est simplement logique. Une femme n'est pas l'autre. Tu dois trouver ce qui te fait vibrer et mettre nos chers prétendants sur la voie. Si tu attends qu'ils trouvent seuls, tu risques d'être très déçue. Quoiqu'à ce moment-là, les femmes sont toujours…

— Non ! Ne termine pas ta phrase. Je ne veux pas en entendre davantage. D'ailleurs (je tendis l'oreille), ce n'est pas ton père qui nous appelle pour manger ?

— Si. T'as de la chance. Viens, on y va, dit-elle avant de rire aux éclats…

Peu de temps après, la porte d'entrée se refermait derrière moi et je grimpais dans la vieille Toyota gris clair de mon père.

La portière grinça, comme d'habitude, lorsque je l'ouvris et un bruit de ressort me vrilla les oreilles lorsque je m'assis sur les sièges au tissu fatigué. La musique n'allait pas assez fort pour moi, comme avec tous les parents je présume, et le silence imposait les discussions les plus banales.

— 'jour chérie.

— 'jour 'pa.

— Tu t'es bien amusée ? demanda-t-il d'un ton qui se voulait enjoué.

— Comme chaque fois, répondis-je d'un ton las.

Et le silence retomba... pesant... étouffant. Après quelques secondes, j'enfonçai le bouton « 2 » de la radio et augmentai le son. Mon père ne dit rien... comme à son habitude. J'étais énervée de me retrouver seule avec lui mais, en même temps, j'avais un peu honte, c'était plus fort que moi. Même si je saluais ses efforts pour être un papa cool et que j'appréciais toute la liberté qu'il me laissait, je n'arrivais pas à me résoudre à le traiter comme un « papa chéri ». Pour autant, nous ne nous étions jamais disputés, heureusement pour nous deux.

Je regardais la lumière aller et venir sur le tableau de bord de la voiture, comme une lampe vacillante au plafond d'une chambre. Je m'amusais à suivre les ombres qui bougeaient par vagues. Après un instant, mon regard se reporta naturellement vers l'extérieur pour éviter d'avoir la nausée.

À la radio, de la Soul ! Manquait plus que ça pour terminer de me flinguer le moral. La nuit déjà bien avancée n'était visiblement plus à l'heure d'une musique trop rythmée. De plus, à l'heure des « amoureux », une musique de circonstance s'imposait... pour ceux qui ne comprennent pas les paroles en anglais bien sûr, sinon ils pleureraient plutôt que de s'embrasser.

La chanteuse racontait la perte de son frère et la profonde tristesse qui l'envahissait. Je repensai immédiatement à ma mère et me retrouvai, bien malgré moi, à m'énerver sur ses jérémiades entre chaque couplet. Quel besoin irrépressible ont toutes ces chanteuses de soul ou R&B de geindre de la sorte ? J'avoue ne pas être très objective car d'habitude, j'aime bien cette musique. Encore une différence flagrante avec June qui préfère le rock et le blues. Elle a déjà essayé de me faire aimer les longs solos de guitare électrique des plus grands comme Hendrix, Zeppelin, Slash, Moore et bien d'autres encore. Mais rien n'a pu me convaincre, la guitare électrique m'agresse les oreilles autant que les ressorts de notre vieille Toyota.

Je me mis alors à sourire à cette pensée… juste avant de retomber dans ma mélancolie. Même quand elle n'est pas là, June est la seule qui parvient à me rendre le sourire.

La mort est-elle réellement inéluctable ?

Une voix lointaine me sortit de ma torpeur.

— Quoi ? demandai-je à mon père ayant peur d'avoir mal compris.

— Euh, rien ? me renvoya-t-il dubitatif.

— Tu as dit quelque chose ? le questionnai-je à nouveau.

— Non, rien.

Pourtant, je n'avais pas rêvé. J'avais bien entendu quelqu'un parler. Instinctivement – et inutilement je l'admets – je regardai sur la banquette arrière de la voiture, vide naturellement. Secouant la tête, je pensais avoir rêvé et replongeai mon regard vers l'extérieur de la voiture.

La mort est-elle réellement inéluctable ? reprit la voix.

Cette fois, j'en étais sûre, quelqu'un avait parlé. Je fusillai mon père du regard, mais il restait silencieux, les yeux rivés sur la route. Ce n'était manifestement pas lui. Pourtant, quelqu'un avait parlé, je n'étais pas folle. La voix était légèrement étouffée mais familière et dégageait une incroyable tristesse. Une seconde plus tard, elle reprit :

Ne sommes-nous réellement que la somme de processus élec-

trochimiques dans notre cerveau ? Certains scientifiques s'accordent à le croire. Mais qu'en est-il de l'âme ?

Effrayée, je regardai tout autour de moi, mais il n'y avait personne et mon père se taisait toujours alors que la voix persistait.

En dehors de sa signification religieuse improbable, tout le monde semble pourtant d'accord sur le fait que nous en avons une.

Mon cœur s'accéléra et je finis même par le sentir battre dans ma poitrine. La peur m'envahissait progressivement et je ne pouvais contrôler cette réaction. Je me redressai dans mon siège et balayai l'extérieur du regard. J'ai même cru que cela pouvait venir de la radio, mais une autre chanson triste avait déjà pris le relais et la voix était bien dans ma tête, pas dans la radio. Je décidai d'attendre que cela s'arrête en m'efforçant de rester la plus calme possible. Il fallait également que mon père ne se doute de rien pour éviter un milliard de questions.

Et j'y crois également. Sinon, comment se fait-il que je puisse avoir conscience d'être dans mon corps. Si ma pensée n'était que la somme de processus électrochimiques dans mon cerveau, ce serait impossible. Nous ne serions que des robots, très évolués certes, mais de simples robots, incapables de penser. Et que se passe-t-il quand nous mourons ? Est-ce le vide ? Y a-t-il autre chose ?

La voix s'était tue. Cette litanie sur la mort me faisait froid dans le dos. June aurait rigolé si j'avais dit cela à voix haute en sa présence.

« Une litanie ! » C'est ce qu'elle se serait esclaffée d'un air hautain pour me faire remarquer que j'utilisais un mot bien (trop) recherché. Mais elle l'aurait fait avec humour. Elle connaissait mon penchant pour les grands philosophes, maladie héréditaire sans aucun doute, car mon père adorait cela également. Dès lors, mon vocabulaire s'était considérablement enrichi. Il nous arrivait souvent de passer des soirées à discuter de lectures que nous avions faites sur Camus, Platon, Sartre et bien d'autres encore. Mais ça, c'était avant la mort de maman.

Pour l'heure, cette voix me glaçait l'échine. Bien que la voix me fût familière, elle semblait tellement étouffée que je n'arrivais pas à mettre un nom dessus. Je crus même que c'était mon père qui me parlait alors que j'étais perdue dans mes pensées, c'est dire !

D'où pouvait-elle provenir ? Il n'y avait personne avec nous dans la voiture et cela ne provenait pas de la radio, j'en étais certaine. Elle ne pouvait donc être que dans ma tête. Mais comment ? Et surtout qui ?

Alors que j'y pensais, le fait d'avoir cru que cela pouvait être mon père n'était peut-être pas une coïncidence. Il y avait un moyen de savoir s'il y avait un rapport avec lui... mais si je lui demandais et que j'y voyais un lien... qu'est-ce que cela m'apporterait puisque ce n'était quand même pas lui qui avait parlé ? Waw ! En voilà des élucubrations. Tant pis, je me jette à l'eau, on verra bien.

— Qu'est-ce que tu penses de l'âme ? lui demandai-je.

— Pardon ? répondit-il, interrogatif.

— Qu'est-ce que tu penses de l'âme ? répétai-je.

— Pourquoi tu me demandes ça ? dit-il en souriant.

— Juste comme ça.

— Juste comme ça ?

— Oui, alors, réponds s'il te plaît.

Il m'agace quand il fait ça.

— Ok, je vais répondre... *juste comme ça* aussi dans

ce cas. (Il réfléchit un instant.) C'est compliqué à dire. On ne peut pas se la représenter et pourtant, elle doit exister, c'est obligatoire.

— Pourquoi ?

— Eh bien, commença-t-il, on sait que tout notre processus de réflexion et de mémoire est un phénomène électrochimique dans notre cerveau. Électrochimique, ça veut dire...

— Je sais ce que ça veut dire, l'interrompis-je. Je ne suis peut-être pas docteur en biochimie ou je ne sais quoi, mais ça ne veut pas dire que je n'ai pas de vocabulaire.

— Pardon, ce n'est pas ce que je voulais dire. Je ne sais simplement pas ...

— On s'en moque. Continue, s'il te plaît.

— Bien, madame. (Mon père était vraiment cool avec moi.) Si ce n'était que cela, comment pourrions-nous avoir conscience d'être dans notre corps ? Je veux dire : un robot, il donne l'impression de faire des choix, mais on sait que ce n'est qu'un programme. Il n'a pas conscience d'être un robot. Donc, s'il n'y avait pas d'âme, ou autre chose, quel que soit le nom qu'on lui donne, comment pourrions-nous avoir conscience que nous sommes dans notre corps ?

Je sentis mon cœur battre plus fort à nouveau. Il reprenait exactement les mêmes termes que la voix dans ma tête, la conscience de notre corps. Et il allait même jusqu'à reprendre les mêmes analogies avec les robots.

— ... Sans une âme, nous ne serions que des robots, certes très évolués, mais de simples robots...

Et là, je paniquai. C'était exactement la même phrase !

— ... Tout comme le fait d'hésiter. Un robot n'hésite pas, il suit un chemin logique qu'on lui a programmé.

L'être humain hésite, il fait des choix. Mais dis-moi, qu'est-ce qui te fait te poser cette question ? me demanda-t-il ensuite.

— Rien, mentis-je. (J'avais mis un certain temps à répondre, je ne voulais pas que ma voix trahisse mon état.) C'est juste comme ça.

— Alors, j'espère que ma réponse te convient… *juste comme ça.*

— C'est parfait, merci, dis-je avec le plus de désinvolture possible.

Le remercier de quoi, il n'a fait que répondre à une question. Mais bon, c'est aussi un bon moyen pour qu'il me laisse à mon mutisme sans investiguer plus avant.

Il se pourrait donc que ce soit quand même lui dans ma tête. Mais comment ? Et surtout, pourquoi est-ce que j'entendrais sa voix dans ma tête ? Cela n'a aucun sens. Je dois être en train de perdre la boule.

« Mais tu l'as perdue il y a bien longtemps déjà », se serait esclaffée June. Je souris pour moi-même et déviai à nouveau mon regard vers l'extérieur jusqu'à ce qu'on arrive à la maison. Heureusement, ce n'était pas très loin. J'aurais presque pu rentrer à pied, mais il ne le voulait pas une fois la nuit tombée. Trop dangereux, disait-il.

C'était un père, il s'inquiétait pour sa petite fille chérie. Il était temps peut-être qu'il se rende compte que j'avais dix-sept ans. Je n'étais plus la petite fille avec les couettes qu'il poussait sur le crocodile en plastique en faisant un bruit de moteur de gros 4 x 4.

Vous avez déjà imaginé toute l'absurdité d'une telle situation ? Un crocodile avec des roues, c'est déjà pas mal… mais qui fait un bruit de gros moteur ! Quand je pense qu'en plus cela me faisait mourir de rire.

Je souriais en sortant de la voiture dans l'allée de

garage de notre maison. Mon père s'en aperçut.

— Qu'est-ce qui te faire rire ?

— Un crocodile à roulette qui fait un bruit de moteur de voiture, lui répondis-je du tac au tac.

Il en resta coi et je dus le rappeler à la réalité pour qu'il vienne ouvrir la porte et ne pas rester dehors pendant des plombes. Je n'avais envie que d'une chose, m'enfermer dans ma chambre jusque demain.

— Je monte me coucher directement.

— Passe une bonne nuit, lança-t-il simplement.

— Toi aussi.

J'avais bien ressenti de la tristesse dans sa voix. Un soir de plus où, comme parfois, il aurait le cafard. Il ne m'avait pas vue depuis près de deux semaines et il aurait sans doute voulu passer un peu de temps avec moi, mais je ne savais que trop comment il était ces soirs-là. Et franchement, je n'avais pas envie de m'anéantir le moral plus qu'il ne l'était déjà.

Quand je pense que demain, j'allais devoir passer toute la journée avec lui. Il avait insisté pour faire les courses de la rentrée avec moi. C'est aussi pour ça que j'avais dû rentrer un jour plus tôt de chez June.

« Ce sera l'occasion pour nous deux de faire un peu quelque chose ensemble », m'avait-il vendu. Et j'avais fini par craquer devant son air de chien battu. Mais Dieu que ça allait être une longue journée ! L'un des plus longs samedis de mon existence. Mais finalement, je pouvais bien faire cet effort. Il était vraiment cool avec moi et ne me refusait quasi rien. Puisqu'il ne dépensait plus rien pour lui, vu qu'il n'avait plus goût à rien, il était blindé de tunes. Un docteur en biochimie, ça gagne pas mal et pourtant, il roulait dans sa vieille Toyota. En contrepartie, j'avais tous les gadgets que je voulais. Un smartphone, une tablette, un PC, un lecteur

Blu-ray et une télé LED grand format dans ma chambre, et je passe sur les babioles. Il pensait ainsi m'aider à combler la mort de maman... mais il se trompait. Je n'avais pas besoin de tout cela pour être heureuse et ce n'était pas ça qui allait m'aider à l'oublier. Je pensais encore à elle tous les jours. Mais il faisait du mieux qu'il pouvait et j'essayais de mon côté, à défaut d'être agréable avec lui, de ne pas faire l'enfant gâtée pourrie. Et je crois qu'avec l'aide de June, j'y arrivais... honnêtement.

Lorsque ma chambre sortit de la pénombre, je fus presque surprise. Je m'étais habituée à la chambre de June, simple et épurée. La mienne me parut bien chargée avec tous les posters de mes quinze ans. À bien y songer, depuis la mort de maman, je n'avais rien changé. Pourtant, je n'écoutais plus la même musique et les acteurs artificiellement sexy ne m'intéressaient plus du tout.

C'était décidé ! Le lendemain, j'arracherais tout ça et dans les semaines qui suivraient, je demanderais à June de m'aider à repeindre. Ah non, zut ! Demain, ce n'est pas possible, je fais les magasins avec mon père... quelle horreur ! J'ai intérêt à ne pas raconter cela à l'école... Bien que June s'en chargera sûrement, la garce ! (Je souris.) Je ferai les magasins avec mon père... oh, c'est trop la honte ! Je-fe-rai-les-ma-ga-sins-avec-mon-père... Pourvu que je ne croise personne de l'école.

Affalée sur mon lit, je regardais le plafond. Peint en beige pâle, il était vraiment déprimant. Je poussai un profond soupir, pas pour la déco, mais pour la longue journée de demain que la déco rendait encore plus pénible. Il fallait vraiment que je fasse quelque chose avec June pour améliorer ma chambre. Ce n'était pas étonnant que je n'aime pas m'y retrouver. Comment n'y avais-je pas pensé plus tôt ? Et ce serait peut-être sympa aussi pour June qu'on se retrouve de temps en temps ici plutôt que toujours chez elle.

Mon smartphone tomba dans ma main la seconde suivante et déjà, le texto était prêt à lui être envoyé.

/ dem1 magas1 avc mon pat, C kelk choz. La galR.

/ 2 labal. Mdr

/ Oui, trop NRV.

/ ApL moi aprè ☺

/ Promi ☹

C'était étrange, y réfléchissant. Je ne pensais quasi pas à Marc alors que je ne l'avais pas vu depuis plus de deux semaines et je n'arrêtais pas de penser à June que je venais de quitter. C'était ma meilleure amie, c'est vrai, mais quand même.

Et y réfléchissant, il est vrai que je pensais à elle, même quand j'étais avec Marc. Mais... Ah non !... Je devais m'enlever ça de la tête. June et ses idées tordues, je vous jure.

Je n'étais pas... ç'aurait été trop... bizarre !

Je me surprenais alors à l'imaginer m'embrasser, puis descendre, lentement, le long de mes seins et de mon ventre, puis, la tête entre mes jambes et moi qui prenais du plaisir... et l'inverse ! Oh non ! Non ! Non !

J'avais besoin d'une douche !

Je détestais June de lancer de telles idées. Sors de ma tête, sale garce !

Je souris.

Je me levai d'un bond et ouvris la porte de la salle de bain qui communiquait directement avec ma chambre. La lumière s'alluma automatiquement.

— Aaah ! Qu'est-ce que… ?

Je venais de voir mon reflet dans le miroir.

Qu'est-ce que c'est que… c'est… mais… c'est moi ? Je m'approchai pour m'en assurer, car je vous assure que ce n'était pas si évident que cela. Mon cœur battait si vite que j'étais persuadée qu'il allait rater un battement sur trois. Dans le miroir, je portais une robe blanche unie, incroyablement sale. Mon teint était livide, cadavérique. Ma posture avachie me laissait comme épuisée. J'avais l'air d'une mendiante d'une incroyable tristesse.

J'avais dû mal voir, je fermai les yeux et me les frottai. Mais lorsque je les rouvris, mon image dans le miroir était toujours la même. Mon cœur ralentit puis se mit à battre plus fort et je sentis mon estomac se serrer. Me voir dans un tel état… Ça ne pouvait pas être moi… Les larmes me montèrent aux yeux, mais j'arrivai encore à les retenir. Dans mon reflet, mes yeux étaient blancs, vidés de toute substance.

— Mon Dieu ! Mais qu'est-ce qui… ?

Soudain, j'entendis le pas lourd de mon père dans l'escalier. Qu'est-ce que j'allais lui dire ? Qu'est-ce que je devais faire ? Et s'il me voyait lui aussi dans le miroir ? Non, c'était impossible ! Je délirais sûrement. La fatigue peut-être. Un peu trop de vin au repas chez June ? Et cette image ne pouvait être que le fruit de mon imagination, comme la voix dans la voiture.

Mon père frappa à la porte car jamais il ne serait entré sans mon accord, il respectait mon intimité. J'attendis un long moment avant de répondre. Je décidai finalement de rester devant le miroir pour avoir la certitude que c'était bien mon esprit qui me jouait des tours. Lorsqu'il insista pour la troisième fois en frappant plus violemment sur la porte, je le laissai entrer d'un simple mot.

— Que se passe-t-il ? demanda-t-il, la voix soudain inquiète.

Je ne savais trop que lui dire, mais d'une manière ou d'une autre, il fallait que je sache si ce que je voyais… et me terrorisait… était bien réel.

— Une araignée… elle… elle s'est glissée entre le mur et le miroir, dis-je en le montrant du doigt pour l'inviter à regarder.

— Alors, j'ai peur de ne rien pouvoir y faire. Mais je croyais que tu n'avais pas peur des araignées.

— C'est exact. Mon cri n'était qu'un stupide réflexe.

Tu parles ! Mon cœur battait à se rompre entre mes côtes tant j'avais peur de ce que je voyais. Les larmes n'allaient pas tarder à me submerger, mais pas devant mon père, j'en avais décidé ainsi. Et pour l'instant, ça fonctionnait.

Ce ne pouvait être moi, pas cette… chose. On aurait dit que j'étais… morte.

Et pourtant, je me tenais debout devant moi…

Bon, là, je me rends compte de la folie d'une telle phrase et je n'aurais jamais cru la dire un jour, mais pourtant, c'était bien le cas. Elle était bel et bien mon reflet, copiant mes mouvements à la perfection, mais elle ne me ressemblait pas telle que j'étais aujourd'hui.

Mon père m'avait-il vue dans le miroir ? Il fallait que je sache.

— Désolée d'avoir crié. Ce n'est rien, je t'assure. Est-ce que tu trouves que j'ai changé ? demandai-je en montrant mon reflet.

— Oui, dit-il en se plaçant derrière moi ses deux mains sur mes épaules pour me regarder dans le miroir. Tu deviens une femme.

Il ne voyait rien ! Ce n'était pas possible. S'il voyait

quelque chose, il aurait eu la même réaction que moi. C'était donc bien une illusion. Mon cœur aurait voulu reprendre un rythme normal, mais l'image qui restait devant moi l'en empêchait.

— Tu as besoin de quelque chose ? me demanda-t-il ensuite.

— Non, merci. Ça ira.

Là, je sentais bien que ma voix commençait à trahir mon anxiété. Heureusement, il ne se rendit compte de rien.

— Alors, bonne nuit.

Il m'embrassa sur le crâne... et c'est le bon terme ! Dans mon image, il ne me restait que quelques cheveux ternes, hirsutes, broussailleux. Cela donnait l'impression qu'il embrassait une morte, un zombie comme dans les films.

Lorsqu'il quitta la pièce, me laissant seule, je restai encore un instant devant le miroir mais osai cette fois m'approcher. Je testai inutilement des mouvements au hasard pour vérifier qu'il s'agissait bien de mon reflet.

C'était bien lui.

Les yeux blancs livides de mon *moi-mort* me flanquaient une frousse monstre. J'étais terrifiée. Une partie de moi voulait éteindre la lumière et aller se coucher mais l'autre ne serait pas arrivée à dormir tranquillement et, de toute manière, je ne pouvais pas détacher mon regard du miroir.

J'étais au moins rassurée sur une chose, ce n'était pas réel, mon père n'avait rien vu. Par contre, il faudrait que cela disparaisse rapidement car je ne supporterais pas très longtemps d'avoir un tel reflet.

Je décidai de prendre une douche afin de m'éclaircir les idées. Si, de manière tout à fait improbable, cela venait du vin servi chez June, une bonne douche me remettrait les idées en place.

Le plus dur, paradoxalement, fut de détourner les yeux. Je n'arrivais pas à détacher le regard de cette abomination.

Je commençai par de l'eau bien chaude et pris mon gel douche préféré, un Dior qui m'avait coûté la peau des fesses... ou du moins à mon père. Bizarrement, il n'avait plus la moindre odeur. Je reniflai la mousse sur mes bras, pas d'odeur. Je sentis directement à la bouteille, pas mieux.

J'attrapai une autre bouteille, même résultat. Force était d'admettre que ce qui m'arrivait n'était pas banal... ou que je perdais complètement la boule. Je commençais réellement à paniquer et mes mains tremblaient de plus en plus. Une larme perça ma carapace et s'écoula sur ma joue, invisible au milieu de l'eau de la douche-pluie.

J'avais besoin d'un bon électrochoc !

D'un coup, je poussai le robinet sur froid. La seconde d'attente fut d'une longueur intolérable mais lorsque le froid m'aspergea presque sans transition, je perdis le peu de moyens qui me restaient et mis un temps fou à tâter le robinet pour le fermer. J'avais eu le temps de bien me geler avant de sortir pour m'essuyer.

Le miroir était embué. Je le regardais sans rien voir dedans si ce n'était une ombre, la mienne. Je n'osais pas avancer pour l'essuyer de peur de voir à nouveau ce *moi-morte*.

Au moins, vu le bond que j'avais fait en découvrant mon image dans le miroir, j'étais sûre d'être en vie car, comme l'a dit Albert, Einstein bien entendu, « celui qui ne peut plus éprouver ni étonnement ni surprise est pour ainsi dire mort : ses yeux sont éteints ». C'est M. Nestor qui serait heureux, là, tout de suite. M. Nestor, c'était notre prof d'histoire, mais il était aussi féru de philosophie. Entendre un de ses élèves parler de son *moi* l'aurait plus que probablement fait fondre, bien qu'il appréciât déjà mon penchant pour les citations.

Mais quoi qu'il en soit, il n'était pas là et penser à lui n'avait pas diminué la peur qui m'envahissait... Bien essayé, Caro ! Au moins, le froid avait-il gelé les larmes à l'intérieur de mes yeux.

Il faudrait bien que je me décide à vérifier dans le miroir, mais j'hésitais. Et si j'allais dormir et vérifier demain matin ? Non. Je ne pourrais pas dormir en pensant à cette chose dans la salle de bain.

Mon Dieu, ce qu'elle était laide ! Si c'était à ça que je devais ressembler quand je serai morte... heureusement que je serai morte.

Bon, allons-y !

Et si j'appelais papa pour regarder ? Non plus, cela aurait été absurde, il ne voyait quand même pas la même chose que moi dans le miroir... Et de toute manière, pas question qu'il me voit ainsi dans la salle de bain. Je n'avais plus deux ans.

J'allais devoir franchir le pas moi-même et ne trouvai plus aucune excuse.

Les larmes m'envahirent les yeux de nouveau. Elles n'auront pas été gelées bien longtemps ...

Bon Dieu, faites que *ça* soit parti.

Je collai le tranchant de ma main sur le miroir à hauteur de mon visage. Devais-je le faire d'un coup sec... ou petit à petit ? Oui, tu as raison. Petit à petit. J'ai eu assez de frayeur comme ça.

Allons-y !

Ma main se déplaça. Mon cerveau lui avait donné l'ordre même si moi je ne voulais pas. La peau claire dans le miroir, puis l'œil blanc me confirmèrent que la vision n'avait pas disparu.

Les larmes me submergèrent tandis que ma main décrivait frénétiquement des vagues dans la buée au rythme de mes sanglots et de mes sautillements sur place, jurant tous les dieux que c'était impossible.

Je me reculai d'un pas, serrant la serviette autour de ma poitrine par réflexe. Mon *moi-mort* était encore là. Même si la grimace de mon sanglot se reflétait, aucune larme ne coulait de ses yeux vides, cela lui donnait l'air encore plus effrayant et… diabolique.

Je sortis rapidement de la salle de bain pour ne plus voir cela et m'assis sur mon lit en me rongeant l'ongle du pouce. Terrifiée, je me balançais d'avant en arrière.

Il fallait que je me calme, que je me calme.

Je devais me calmer.

Tout ce qui m'arrivait devait bien avoir une origine. Je ne pouvais pas croire que la voix dans ma tête et… ça… m'arrivaient le même jour par pure coïncidence.

Prévenir June… Non, pour lui dire quoi ? « Ah oui, au fait, je vois une morte dans le miroir ! » Futile ! Je ne pouvais retourner chez elle et elle ne pouvait pas venir, et à distance, elle ne pourrait rien faire pour moi.

Qu'est-ce que je devais faire ? Je n'arriverais pas à dormir. Je pourrais descendre près de papa… mais pas question que je lui en parle. De toute façon, j'étais sûre que le lendemain il n'y aurait plus rien. Oui, c'était ce que je devais faire. Je n'aurais qu'à m'endormir près de lui dans le fauteuil, il ne se couchait jamais de bonne heure…

J'y vais !

À mon réveil, dans mon lit (?), je me demandai ce qui s'était passé. Avais-je rêvé tout cela ? Ou était-ce vrai et mon père m'avait portée dans ma chambre sans me réveiller ? La réponse pouvait être facilement obtenue mais la manière d'y arriver s'avérait plus complexe. Soit je me levais et regardais dans le miroir, soit je descendais voir mon père et demandais s'il m'avait mise au lit cette nuit. La première solution me fichait déjà la trouille et mon cœur s'emballa tout de suite, mais la seconde ferait se poser des questions à mon père.

À cet instant, j'entendis la porte d'entrée grincer et se fermer. Papa partait au travail. Me voilà donc bloquée sur la première option. Mon cœur bondissait dans ma poitrine, il me faudrait un temps dingue pour oser sortir du lit. Pourtant, vu l'heure, il allait bien falloir. Je devais aller à l'école…

À l'école !

C'était impossible ! Nous devions aller faire les courses de la rentrée avec papa. Pourquoi pensais-je qu'il était parti travailler et que je devais aller à l'école ? Ça n'avait aucun sens. Nous n'étions que samedi, ce n'était pas encore le jour de la rentrée scolaire.

Pour ne pas perdre la tête, j'espérais désormais aller faire les courses avec mon père… Dingue, non ? Tout est vraiment relatif. Alors que j'angoissais hier soir encore de cette journée *en famille*, maintenant, j'espérais vraiment y aller.

Je pris la télécommande et allumai la télé. Les secondes qui suivirent me parurent une éternité. Je ne m'étais jamais rendu compte qu'elle mettait autant de temps à s'allumer. Lorsque l'image apparut enfin, un reportage animalier était diffusé. Aucune information sur la date d'aujourd'hui. Je mis la troisième chaîne : à cette heure-ci, ce devait être l'un de ces jeux astraux ridicules mais au moins la date et l'heure étaient affichées en permanence.

Je crus que mon cœur allait m'exploser les côtes et sortir de ma poitrine. Sur l'écran, je pouvais lire « lundi 2 septembre 07:03 ». Je dus confirmer cette information avec trois autres chaînes avant que les larmes franchissent la barrière que j'essayais à nouveau de leur imposer.

C'était impossible !

Je me levai d'un bond puis m'arrêtai immédiatement. Mon père n'était plus là. Il était bel et bien parti travailler. J'empoignai mon sac d'école et l'ouvris à l'arraché. Un nouveau classeur, de nouveaux cahiers, une nouvelle trousse… tout était là !

C'est impossible !

Par contre, si j'avais fait un bond de deux jours sans m'en rendre compte… même si c'était improbable… serait-il possible que mon image dans le miroir soit redevenue normale ? Tout d'un coup, la possibilité d'un bon dans le temps ne me parut plus si terrifiante.

D'un pas décidé, j'avançai vers la salle de bain et saisis la poignée. Ma main resta bloquée un instant, incapable de s'abaisser pour ouvrir la porte. Il fallait pourtant bien que je me décide.

La porte grinça tellement je l'ouvris lentement. La lumière s'alluma avant que je n'aperçoive le miroir et j'ouvris la porte en grand.

J'eus l'impression de recevoir un coup sur le crâne... et un coup de couteau dans le cœur... Elle était toujours là.

Elle, mon *moi-mort*.

Je m'effondrai à genoux en me prenant la tête et me mis à sangloter comme une enfant.

— C'est impossible ! Qu'est-ce qu'il se passe ? Pourquoi à moi ? Qu'est-ce qu'il m'arrive ?

Les larmes coulaient à flots sur mes joues sans que je puisse les retenir. Plus les secondes passaient, plus la rage montait en moi. Je la sentais grandir comme un feu ardent dans ma poitrine. Qu'est-ce qu'il m'arrivait ? Jamais je n'avais ressenti une telle colère.

Je me relevai et reculai d'un pas pour rentrer dans la chambre, espérant inutilement apaiser cette colère en quittant la salle de bain. Mais je retombai aussitôt à genoux, plaquant mes mains sur le tapis et me crispai pour tenter de contrôler le feu qui grandissait en moi. Mes doigts agrippaient le tapis avec une telle force que l'un de mes ongles se retourna... arraché ! Mes yeux s'ouvrirent d'horreur mais je ne ressentis aucune douleur. J'avais l'impression que la colère allait me consumer.

D'un coup de pied, je fermai la porte. Elle claqua si violemment qu'elle vola en éclats, forçant le chambranle comme s'il ne s'agissait que de vulgaire carton. Des éclats de bois volèrent dans la salle de bain et dans la chambre. Je me couvris machinalement le visage, me recroquevillant sur moi-même.

Lorsque je n'entendis plus aucun bruit, je relevai doucement la tête. Je ne vis aucun débris. Lentement, le cœur battant à tout rompre, bien que la colère se soit évanouie, je jetai un coup d'œil par-dessus mon épaule.

La porte était là, intacte. Je n'étais pas folle ! Je venais bien de la voir exploser. Je regardai ma main… intacte. Tous mes ongles étaient en place.

Je sentais le sol se dérober sous moi, j'allais perdre pied. Je m'assis un instant contre le lit, le souffle court, les larmes aux yeux et mon cœur qui battait la chamade. La panique m'envahissait.

Je devais réagir !

D'un bond, je me levai. Je ne pouvais pas rester une minute de plus ici. J'étais en train de devenir folle. Nous étions lundi, la télé me le confirmait encore, l'école reprenait et je pourrais y voir June.

Le réveil indiquait sept heures cinquante-cinq. Si je me pressais, je pourrais encore avoir le bus. Je pris les premiers vêtements qui me tombèrent sous les yeux et m'habillai en vitesse. J'attrapai mon sac à la volée et courus dans les escaliers.

Heureusement pour moi, papa n'avait pas fermé la porte d'entrée à clé. Elle s'ouvrit immédiatement et claqua derrière moi.

Le bus arrivait.

Je courus jusqu'à l'arrêt un peu plus loin et montai de justesse au moment où les portes se refermaient.

Lorsque le bus passa devant la maison, je la regardai d'un air furieux, l'accusant inconsciemment de me pourrir la vie, mais également effrayée de ce qui s'y était déroulé.

Merde ! J'avais oublié mon portable. Espérons que je n'en aie pas besoin pendant la journée.

Pendant tout le trajet, je me demandai par où j'allais commencer en annonçant à June et à Marc tout ce qui m'était arrivé. Quoiqu'à bien y réfléchir, je ne pensais pas qu'il serait judicieux d'en parler à Marc. Mon cerveau travaillait si fort que j'eus l'impression d'arriver à l'école en quelques secondes au lieu de la demi-heure habituelle.

Je ne remarquai qu'en descendant du bus que j'étais quasiment la seule. Or, d'ordinaire, le bus était rempli. Qu'est-ce qu'il se passait encore ? Où étaient les autres élèves qui, comme moi, recommençaient une nouvelle année ?

J'avançai doucement vers l'école.

Il pleuvait, je n'y avais même pas prêté attention.

Je pénétrai dans l'école.

Tout était incroyablement silencieux, il n'y avait personne. Mes pas résonnaient dans le couloir principal. Cela procurait une étrange sensation. Je me serais crue dans un film d'horreur. Autant dire que cela augmenta encore mon sentiment de panique.

— Que faites-vous là !

Je sursautai et mon cœur s'arrêta un instant.

La directrice adjointe, la « DA ».

Mon cœur ne redémarra pas tout de suite, si bien que je ne répondis pas.

— Que faites-vous là ? insista-t-elle en articulant chaque syllabe. Pourquoi n'êtes-vous pas dans le gymnase pour le discours du directeur ?

— Le discours du… ?

Mais bien sûr ! J'avais complètement oublié. Le premier jour de la rentrée, le directeur s'adressait toujours à ses ouailles et donc, il fallait arriver un rien plus tôt. Voilà pourquoi l'école était vide et pourquoi j'étais la seule dans le bus.

Je soufflai de soulagement et me dirigeai, légère de cette réalité bien tangible, vers la salle de gym. C'était très agréable de retrouver des bases connues.

— ... il est donc évident que cela demandera des efforts à chacun de vous, s'excusa presque M. Edmond, et il y aura de nombreuses perturbations dans les salles de cours et peut-être même dans les horaires. Nous ferons notre maximum pour vous prévenir suffisamment à l'avance mais il est possible que nous soyons mis devant le fait accompli. Cela ne dépend malheureusement pas de nous.

J'apercevais June au milieu de la salle à côté de Marc... et d'Axelle ! Elle n'avait pas perdu de temps, la garce. Elle avait profité de mon absence pour se glisser à côté de Marc comme un serpent qu'elle était.

Je m'assis dans le fond de la salle, j'aimais autant ne pas me faire remarquer et je verrais bien June plus tard. Après le discours du directeur, nous avions toujours une heure de liberté pour que les élèves profitent de leurs retrouvailles avant de rentrer en classe où il fallait immédiatement rester calme et attentif. Et d'ailleurs...

— ... cours ne recommencent, comme chaque année, qu'à partir de dix heures. Il est à peine neuf heures et donc, vous aurez plus que le temps nécessaire pour vos bavardages bien légitimes, dit-il dans un sourire. La répartition par classe et les horaires pour la première heure sont affichés dans le hall. Votre horaire complet vous sera remis dans votre première classe par votre professeur principal.

Bizarre comme je me sentais déjà mieux. Cet endroit familier m'enlevait une grande part de stress. Je voyais la bouille réconfortante de notre directeur, un homme petit et trapu à moitié chauve mais très sympathique et qui avait toujours privilégié le dialogue à la punition... tant que le dialogue fonctionnait. Il nous parlait toujours avec calme, dégageait une incroyable assurance et imposait un grand respect malgré sa petite taille.

Sur sa gauche, Mme Thomes, la directrice adjointe. La « DA » comme on la surnommait. Elle paraissait froide et distante, mais quand on creusait un peu sous la carapace, on découvrait qu'elle aimait beaucoup les élèves et que sa sévérité avait pour seul but de *nous empêcher de rater nos vies,* dixit. Des méthodes bien différentes de celles du directeur, mais les deux se complétaient finalement très bien.

L'école tournait bien, les actes de délinquance n'étaient que sporadiques et généralement causés par des enfants venus d'autres écoles où ils ne s'étaient pas adaptés.

— ... et nous restons à votre disposition en cas de problème. (Il regarda sa montre) Quarante-cinq minutes ! Je pense que j'ai assez parlé. Je vais donc vous libérer (le brouhaha commença immédiatement et il dut parler plus fort) après vous avoir souhaité un bon départ pour cette nouvelle année scolaire et de faire de votre mieux pour réussir une année de plus. Bonne journée à tous !

À peine avait-il prononcé le dernier mot que les grincements de chaise me heurtèrent les oreilles de manière très désagréable. Pour ma part, je restai assise et attendis l'arrivée de June... et Axelle !

Parmi les élèves qui sortaient, j'aperçus Marc, puis June qui se levait. Axelle fit de même. Elle voulut les suivre, mais June tendit le bras pour la repousser. Il y avait trop de bruit mais je pouvais aisément deviner la conversation. Et je m'amusais d'ailleurs à la faire à haute voix :

— Arrête de nous suivre ! On n'a pas besoin de toi,

pétasse.

— Quoi ?! (Je pris intentionnellement et faussement une voix de blonde écervelée.) Je vais où je veux. T'es pas ma mère !

— Justement, ta mère ne te frapperait pas, et pourtant cela te ferait le plus grand bien.

— T'es trop conne. C'est pas toi qui vas me dire où je dois aller.

— Je ne te dis pas où tu *dois* aller, je te dis où *ne pas* aller. Et là, je te dis d'arrêter de suivre Marc comme un petit chien-chien.

— Je suis pas un chien !

— Non, tu as raison, une chienne. Dégage maintenant !

Marc, de son côté, restait comme à son habitude en dehors de ces discussions puériles. June se retourna et avança dans ma direction. Cherchant toujours plus à provoquer, Axelle les suivit en collant Marc un peu plus. Marc la laissait faire… ou alors il s'en foutait.

Lorsque June m'aperçut, elle courut pour me prendre dans ses bras. Mais je restai distraite et regardais Marc. Me croyant sans doute occupée avec June, Axelle en profita pour s'accrocher au bras de Marc. Il ne réagit même pas… abruti ! Je sentais la colère monter en moi.

— Tu permets une seconde, dis-je à June en me séparant d'elle.

Un pas suffit pour me retrouver à leur hauteur. Des deux mains je poussai cette pétasse en arrière. Mais je poussai trop fort. Elle accusa violemment le coup et fut projetée deux mètres en arrière avant de retomber sur ses fesses.

— On vient de te dire d'arrêter de nous coller. Et tu sais parfaitement que Marc est pris.

— Mais t'es malade ! hurla-t-elle en se frottant la poitrine.

— Oui, parfaitement. Alors tu ferais mieux de t'en souvenir quand tu voudras t'approcher encore de Marc.

Marc me prit par le bras et m'obligea à m'éloigner. Quelques mètres plus loin, nous nous arrêtions nets.

— Des problèmes, Miss Delarivière ?

— Non, monsieur le directeur, lui répondis-je.

— Dois-je m'attendre à des perturbations dès la rentrée ?

— Non. En tout cas, je l'espère, ajoutai-je en regardant Axelle qui se relevait en se tenant la poitrine.

— En effet, je l'espère aussi, ajouta M. Edmond en fixant Axelle à son tour. Tout va bien mademoiselle ?

— Oui, répondit-elle, le souffle encore court.

— Parfait. Dans ce cas, je vous souhaite une agréable journée de rentrée.

— Merci, monsieur le directeur, avons-nous répondu en cœur, à l'exception d'Axelle.

— Allons-y ! lança June en nous prenant par le bras.

Mais Marc me retint.

— Bonjour quand même ! me dit-il.

— Bonjour, lui lançai-je en l'embrassant rapidement avant de suivre June.

Une fois dehors, nous trouvâmes un des derniers bancs libres. Juste avant de m'asseoir, je me tournai vers Marc et m'interposai avant qu'il ne s'assoie.

— Tu n'es pas impatient de revoir tes copains ?

— Si. Mais j'étais encore plus impatient de te voir, répondit-il en voulant m'embrasser.

Mais pour l'instant, tout ce que je voulais, c'était parler de mes problèmes avec June. Je détournai la tête… sans doute à tort, je l'admets.

— On se verra après les cours.

— D'accord, conclut-il un peu déçu. À plus tard.

— À bientôt.

Je l'embrassai quand même, puis il partit rejoindre ses amis sportifs qui l'accueillirent à grands coups de vannes bien masculines.

Je m'assis vivement près de June.

— Il m'arrive un truc de dingue !

— On dirait bien, confirma-t-elle.

— Ah bon, ça se voit tant que ça ?

— Ben oui, t'as vu ta réaction avec Axelle ?

— Cette pétasse colle un peu trop Marc.

— Ça je sais, mais là n'est pas le problème. Tu l'as toujours ignorée jusqu'ici et tu sais que Marc s'en fout, il est trop gentil pour la remettre à sa place. Alors ta réaction, là tout de suite, géniale je l'admets, me correspond quand même plus qu'à toi.

— C'est vrai, je suis un peu sur les nerfs. Il m'arrive…

— Un peu ! Tu l'as carrément fait valser deux mètres en arrière. Je suis étonnée que personne n'ait réagi à la force que tu y as mise. À part un mec balaise, personne n'a assez de force pour ça. Et toi, tu le fais comme si de rien n'était.

— C'est ce que j'essaie de te faire comprendre si tu me laissais parler, insistai-je en lui bloquant la bouche.

Elle marmonna entre mes doigts qu'elle me laisserait parler. Je retirai ma main.

— Ça a commencé vendredi soir en partant de chez toi. Au début, j'ai cru que c'était le vin, mais non, c'était autre chose.

Je lui racontai tout et surtout le fait que, pour moi, je l'avais quittée la veille et non vendredi. Elle me fixait en me prenant sans doute pour une folle. Bah ! Je ne pouvais pas lui en vouloir. Je l'aurais prise aussi comme une demeurée si elle m'avait raconté une telle histoire.

Pourtant, plus j'avançais dans mon explication, plus elle me prenait au sérieux. Elle voyait bien que je ne plaisantais pas. Elle comprit même mieux la force que j'avais eue en bousculant Axelle lorsque j'abordai l'épisode de la porte de la salle de bain, à part que cette fois, ce n'était pas une hallucination.

Une fois au bout de mon histoire et lorsque j'eus remonté sa mâchoire qui pendait jusqu'à ses genoux, je la suppliai de venir aux toilettes me voir dans le miroir. J'espérais qu'ici, elle pourrait observer la même chose que moi, mais sans grande conviction malgré tout.

Je lui demandai de faire sortir tout le monde et être en terminale se révéla un avantage non négligeable.

Lorsque je franchis enfin la porte, mon cœur se remit à tambouriner. Pas le petit tambour des armées de parade, non, la grosse caisse qui faisait ramer les esclaves en rythme sur les navires de guerre.

Je m'avançai doucement, n'osant pas regarder dans le miroir, fixant June pour voir sa réaction... qui ne se fit pas attendre. Je vis ses yeux s'agrandir démesurément.

— Quoi ? Alors, tu vois toi aussi mon *moi-mort* ?

— Oui, ça ne peut être que ça...

— Tu es sûre ?

— Oui, je ne l'avais pas remarqué, mais... pour t'habiller comme ça, tu dois réellement être morte. Qu'est-ce qui t'a pris ce matin ? Tu t'es habillée dans le noir ou quoi ?

— Non ! hurlai-je. Tu crois vraiment que j'ai pris le temps de choisir les vêtements assortis, j'ai pris les premiers qui me sont tombés sous la main... mais il est vrai que je me serais mieux habillée dans le noir. Mais on s'en fout !… (Je me décourageais.) Donc tu me vois *normale* dans le miroir.

— Oui… désolée.

Je tournai la tête vers le miroir. *Elle* était toujours là. Bizarrement, j'en avais déjà moins peur. J'éprouvais juste une immense tristesse qui se matérialisa en de lourdes larmes.

— Pourtant je te jure que pour moi, mon reflet n'est qu'un cadavre. Il est même encore plus laid qu'il y a trois jours. On dirait qu'il continue à se décomposer. J'ai l'impression d'être dans un film d'horreur.

June me prit dans ses bras.

— Allons. Je ne sais pas ce qui se passe mais je te crois. C'est fait pour ça les amies. Je ne sais pas comment t'aider, alors tu n'as qu'à demander et je serai là pour toi.

— Merci… merci. Mais je ne vois pas non plus ce que je peux faire. Alors…

À cet instant, la cloche résonna dans les couloirs de l'école. Notre heure de détente était déjà finie, il était temps de regagner notre classe. C'était une bonne chose en fait. Suivre les cours allait peut-être me permettre de penser à autre chose et si tout cela n'était que le fruit de mon imagination, peut-être que ça disparaîtrait comme c'était venu.

Nous devions encore passer devant le tableau d'affichage pour voir où nous avions cours et de quoi : maths !

Le visage de June s'illumina d'un grand sourire.

M. Fiemes, Éric pour June et moi, était à peine plus âgé que nous. Pour les filles, il était trop vieux… parce qu'il était prof… mais pas pour June.

— L'année commence très bien ! s'exclama-t-elle.

Elle m'avait avoué lorsque j'étais chez elle, que cette année, elle comptait bien le draguer un max. Je m'étais naturellement insurgée... mais elle se contenta de rire en fantasmant sur lui.

— Oh, arrête, je t'en prie. Tu ne vas quand même pas réellement faire ça.

— Bien sûr que si !

— Tu risques de te faire renvoyer... et de lui faire perdre son boulot à tout jamais. Tu ne trouves pas ça un peu risqué ?

— Si, mais c'est justement là que c'est drôle. Viens ! (Elle me tira par le bras.) Ne traînons pas. Je dois m'y mettre tout de suite !

— T'es vraiment dérangée.

— Oh ! Oui, ma chérie ! me nargua-t-elle en me pinçant une fesse. Et tu devrais en prendre de la graine !

— Tais-toi. Avance !

Arrivées en classe, je pouffai de rire. Nous n'aurions manifestement pas M. Fiemes cette année. À la place du prof, entre le bureau et le tableau, transpirait un homme grand... et très gros, les cheveux gras et sales plaqués vers l'arrière, un double menton digne des dindons.

— Bon amusement, lançai-je malicieusement à June.

— Hum, mwaip, maugréa-t-elle en visant le fond de la classe pour aller s'asseoir.

Dans un sens, j'aurais préféré que ce soit M. Fiemes au lieu de ce gros tas. Il me dégoûtait tellement que je préférais détourner le regard. Mais à cause de cela, je me déconcentrais du cours et repensais à mes problèmes... et quand bien même, aurais-je pu faire autrement ?

La pression qui m'écrasait le cœur reprit de plus belle, mon ventre se serra. Un frisson me parcourut l'échine ; pourtant, en cette rentrée de septembre, il faisait vingt-cinq degrés et j'avais pris un fin gilet en plus. Il était donc impossible que j'aie froid. Et il ne s'agissait en rien d'une peur irrationnelle quelconque, j'avais bel et bien froid. Mes mains étaient gelées, je les frottais mais rien n'y faisait, elles ne se réchauffaient pas. Je posai alors la main sur celle de June... qui ne réagit pas tout de suite. Elle tourna la tête vers moi et fronça les sourcils d'un air interrogateur.

— Tu ne sens rien, lui demandai-je.

— Si (l'espoir m'envahit), ta main sur la mienne. Qu'est-ce qui te prend (nouveau désespoir) ?

— Tu ne sens pas comme elle est froide ?

— Non, elle est à la même température que la mienne.

Je retirai ma main et replongeai dans mon mutisme pour quelques secondes.

— Bonjour à tous ! cria presque le nouveau prof.

À peine avait-il fini son cri que son menton fit des vagues pendant plusieurs secondes... Dégoûtant ! Il avait une voix rauque, presque sexy en fait... sur quelqu'un de mieux fait naturellement.

— Je suis Joseph Wiskjansky.

Tiens, pour une fois, voilà un prof qui ne se retourne pas vers le tableau pour y écrire son nom. Je me suis toujours demandée pourquoi les profs faisaient cela. Jamais nous n'avons eu besoin d'écrire leur nom alors pourquoi devrait-on en connaître l'orthographe. Bien qu'ici, on pouvait aisément imaginer pourquoi il ne l'écrivait pas. Il devait certainement y avoir des « h » un peu partout avec des trémas et un symbole ou l'autre des pays de l'Est.

— Bien que mon nom le suggère, je ne suis pas originaire des pays de l'Est.

Ou pas !

— La plupart des gens écorchant allègrement mon nom de famille, je vous permets de m'appeler Joseph… et puis ce sera plus sympa, je n'aime pas qu'on me serve du *monsieur*.

Ah ben, finalement, il a l'air plutôt sympa malgré son apparence repoussante. Je crois que cette année, on sera plus attentives, nous les filles, qu'avec M. Fiemes.

— Je remplace Éric, je veux dire M. Fiemes. (Il lit dans mes pensées, c'est pas vrai !) C'est un ami de mes amis et il m'a demandé de le remplacer pendant son voyage. Et pour ces demoiselles que je vois déjà effondrées par son absence, je vous rassure, tout va bien, il se porte comme un charme. Pour vous messieurs, cela vous fera un concurrent de moins.

Il souriait franchement. On sentait bien que c'était purement de l'humour et non du sarcasme. C'était rafraîchissant chez un prof.

— Ceci étant dit, c'est à votre tour de vous présenter. Mais pour cela, je voudrais que vous fassiez preuve d'imagination. Car, contrairement à ce que l'on pense souvent, j'ai toujours considéré que les mathématiques nécessitent d'avoir des idées. Pour trouver des solutions, il faut penser à tout et imaginer l'improbable. Albert Einstein, que vous connaissez tous, l'a d'ailleurs très bien dit : « L'imagination est souvent plus importante que la connaissance. »

Il n'est vraiment pas comme les autres. S'il continue comme ça, il arrivera presque à nous motiver pour faire des maths… Ben voyons !

— Voilà pourquoi je vais vous demander d'écrire au tableau chacun à votre tour votre nom… de manière mathématique.

Je crois que c'est là que toute la classe s'est décomposée et que tout le monde a commencé à se regarder en souriant... sans trop oser le montrer.

— Je me doutais que vous auriez cette réaction. C'est pourquoi j'ai bien précisé qu'il vous faudrait faire preuve d'imagination.

Delarivière. Comment voulait-il que j'écrive ça en chiffres ? C'était impossible. Il était vraiment fêlé.

— Bon, je vous donne un exemple. Pour mon nom, Wiskjansky pour ceux qui l'auraient déjà oublié, on pourrait imaginer 8-4-6. C'est assez proche phonétiquement. Vous avez saisi le principe ?

Non ! Bien sûr que non ! Même phonétiquement, je ne vois aucun chiffre qui puisse approcher *Delarivière*. Bon, pourvu qu'il commence par l'autre côté de la classe pour me laisser le temps de réfléchir – ce que chaque élève dut se dire à ce moment précis.

— Bon, allons-y. Vous, mademoiselle.

Mon cœur s'arrêta. J'ai d'abord cru qu'il me désignait... mais non, c'était June. Il tenait un morceau de craie à bout de doigt en attendant qu'elle se lève et s'approche du tableau.

June Nordion. Elle n'était pas mieux lotie que moi avec un nom pareil. Pourtant, elle souriait. Elle avait déjà la solution... contrairement à moi ! Il fallait que je trouve. Il n'était pas question que je me retrouve conne devant le tableau avec tout le monde qui me regardait... dont Axelle, cette garce qui me le resservirait pendant des mois.

En même temps, à voir sa tête, elle n'avait pas l'air d'avoir trouvé. Rublanc... hum... ouaip... pas facile non plus.

J'étais en train de la regarder, elle ne me voyait pas. Et

soudain, son visage se déforma. C'était le mien que je voyais, ou plutôt celui de mon *moi-morte*. Je me redressai d'un bon sur ma chaise. Le temps que je regarde la classe puis que je revienne sur elle, elle avait retrouvé son visage.

Waw !

J'avais presque oublié ce qui m'arrivait avec le discours décalé de Joseph. Je commençais réellement à croire qu'il était très fort, il m'avait fait oublier mes problèmes pendant un instant. Mais bon, ce ne fut que de courte…

— Parfait ! s'écria-t-il brusquement.

Je regardai le tableau. June avait dessiné deux axes et un petit trait dans la partie inférieure.

— C'est mathématique, c'est sûr, confirma Joseph. Mais, pouvez-vous nous expliquer ?

— Bien sûr, répondit June en souriant fièrement. Mon nom est Nordion. Les axes mathématiques peuvent être assimilés à la rose des vents dont l'unique flèche sur le dessus de l'axe des Y représente le Nord. Le trait dans le quatrième quadrant, partie négative des axes, est assimilé au signe négatif d'un type d'ions en physique.

Un long silence parcourut la classe.

— Eh bien ! Je pense que vous venez de rassurer un maximum de personnes ! s'exclama M. Wiskjansky. Vous venez de donner un magnifique exemple, et même un exemple extrême je l'avoue, de ce que vous pouvez faire. Je vous remercie Mlle Nordion. Je vous invite dès lors à désigner la personne suivante.

Bien entendu, elle me regarda immédiatement. J'essayai bien de signer *non* de la tête… en vain… la garce ! Je me levai sans avoir la moindre idée de ce que j'allais bien pouvoir faire. Je devais réfléchir rapidement.

Delarivière, Delarivière, Delarivière, Delarivière… Bon Dieu ! Déjà la moitié du chemin et toujours rien. Rivière, Rivière, poisson, rochers, eau, coule, s'écoule, monotone… Ça y est ! Je sais !

J'arrivai au tableau et dessinai le symbole de l'infini.

— L'infini, s'exclama M. Wiskjansky. Très bien, nous vous écoutons.

— Je m'appelle Delarivière. Lorsqu'on s'installe le long d'une rivière, elle semble s'écouler sans fin, d'où le symbole de l'infini.

— Très bien. Bonne trouvaille. Mlle Delarivière, pouvez-vous désigner votre successeur ?

Sans hésiter, je désignai Axelle. Je voulais qu'elle se plante. Je voulais la ridiculiser. Vas-y, Rublanc, montre-nous ce que tu sais faire.

Elle me fusilla du regard et se leva à contrecœur en essayant de bien garder le sourire… mais son stress était indiscutablement visible. Je jubilais intérieurement en regagnant ma place.

— T'es vraiment une garce, me dit June.

— Ouaip, j'ai eu un bon prof.

— Tu l'as dit, ajouta-t-elle tandis que nous frappions nos mains.

Mais le plus important, c'était Axelle. Ma-de-moi-selle Rublanc. Qu'est-ce que tu vas faire maintenant ? Hein, sale pouffe ! Je sentais une étrange colère mêlée à une grande satisfaction monter en moi. Elle allait se ramasser et ne pourrait rien y faire. Elle ne trouverait rien de mathématique qui aille avec Rublanc. L'excitation qui me gagnait finit par se voir de l'extérieur car June me demanda de me calmer.

— On dirait que tes yeux vont la brûler sur place, dit-elle. Calme-toi bon Dieu, qu'est-ce qu'il t'arrive ?

Mais je ne répondis pas. Je ne voulais rien rater de

son plantage en règle, je ne voulais pas en perdre la moindre fraction de seconde. En plus, après June et moi, elle paraîtrait encore plus tarte. Cette fois, c'était la bonne.

— Je ne sais pas, dit-elle si bas que le prof ne comprit pas.

Mais moi, j'avais très bien compris. Trop bien pour elle. Je pouffai de rire pour être sûre que toute la classe entende.

— Je ne sais pas, répéta-t-elle plus fort et atrocement gênée.

— Ce n'est pas grave, la rassura le prof. Tout le monde ne peut pas avoir beaucoup d'imagination. Quel est votre nom ?

— Rublanc.

— Eh bien, Mlle Rublanc, continua-t-il en plongeant les yeux dans un gros tas de papiers, si j'en crois vos résultats, vous pourrez sans problème combler le manque d'imagination par une flamboyante carrière, en tant qu'avocate par exemple. Ce qui vous sera beaucoup plus utile que l'imagination bien mal utilisée de Mlle Delarivière. Car sachez, chère Mlle Delarivière, qu'il vaut mieux ne pas avoir d'imagination que de l'utiliser mal à propos.

Toute la classe se mit à rire en me regardant.

Sale con, tu me le paieras !

Les rires résonnaient dans ma tête. Mes yeux passaient d'un élève à l'autre très rapidement. Chaque visage sur lequel je m'arrêtais se transformait instantanément en monstre. La peur prit le pas sur la honte que venait de me filer le prof.

— Arrêtez, arrêtez ! hurlai-je d'un coup.

Le silence tomba immédiatement.

Me rendant compte de la situation, alors qu'Axelle

me regardait en retenant son sourire, je le savais, je me levai précipitamment et quittai la salle de classe en emportant mes affaires. La dernière chose que j'entendis avant de m'enfermer dans les toilettes fut la porte de la classe qui claqua violemment.

Quelques instants plus tard, June était à mes côtés. Le prof l'avait laissée me rejoindre. Je ne sus que plus tard que ce n'était pas par pitié, mais pour me ramener à de meilleurs sentiments.

— Est-ce que tu as la moindre idée du nombre de saloperies qu'il y a sur le carrelage sur lequel tu es assise ? me dit-elle d'emblée pour détendre l'atmosphère.

— Je m'en fous.

— Tu ne diras plus ça quand tes vêtements seront foutus.

— Je m'en fous, je te dis.

— Ok, c'est bon. Qu'est-ce qui t'a pris ?

— Qu'est-ce que tu veux ?

— Savoir ce qui t'a pris. Que tu désignes Axelle pour t'amuser, je comprends et je trouve même ça drôle. Mais te moquer d'elle ouvertement, ce n'est pas ton style. Qu'est-ce qu'il t'arrive depuis ce matin ? (Je ne répondis pas.) Au discours, tu la bouscules si fort que je m'étonne qu'elle n'ait pas de côtes cassées et maintenant ça. (Je restais toujours silencieuse.) Ça fait longtemps qu'elle court après Marc et qu'elle te provoque, mais jusqu'ici, tu l'as toujours ignorée. Et là, en une journée, tu es parvenue à te faire passer pour la méchante. Tu nous fais quoi, là ?

— Je t'ai dit ce qu'il m'arrive ! criai-je. Je me vois morte dans le miroir. Et je vois les autres se transformer en morts. Tu penses que c'est drôle pour moi. En plus, je sens en moi une colère permanente, latente, et dès qu'un petit truc se passe, elle me submerge jusqu'à ce que je perde le contrôle.

— Ok, je vois, tu as tes règles.

— Oh, ça suffit ! hurlai-je. Tu sais bien que ça n'a rien à voir. On a toujours nos règles ensemble alors ne dis pas n'importe quoi.

— C'était pour rire. Mais visiblement, ça n'a pas...

Je l'interrompis en me levant brutalement, saisis son bras et l'amenai devant le miroir.

— Je me vois morte ! Est-ce que tu peux comprendre ça ?

— En réalité, non, pas vraiment. Je ne peux que l'imaginer... et encore.

— En effet. Alors n'essaie pas de me dire comment je dois ou ne dois pas réagir. (J'étais au bord des larmes.) Je ne sais pas comment faire, ni même ce que je peux faire. Et personne ne peut m'aider. (Mes yeux se brouillaient et ma voix se fit tremblante.) Je veux qu'on m'aide, mais personne ne voit ce que je vois.

June me prit dans ses bras.

— C'est bon, je suis là.

— Aide-moi, la suppliai-je en fondant en larmes.

— Je ne sais pas comment, mais je vais faire mon possible.

Elle se détacha de moi et d'un doigt poussa mes cheveux pour les passer derrière mes oreilles.

Un sentiment bizarre m'envahit alors que je la regardais. Je la trouvai soudain tellement belle. Je veux dire, je l'avais toujours trouvée belle mais ici, c'était différent. Ses lèvres brillaient du rouge argenté qu'elle avait choisi aujourd'hui. Je sentis soudain mon ventre se serrer et mon cœur s'accélérer. Je l'entendis respirer, comme un souffle érotique qui m'attirait inlassablement. Je m'approchai doucement jusqu'à ce que nos lèvres se touchent. Elle recula d'abord, instinctivement, avant d'accepter le baiser. Mes lèvres prirent feu au contact des siennes et la boule d'angoisse qui me nouait le ventre fondit d'un coup pour envahir mon corps tout entier d'un picotement qui me réchauffa.

Je n'avais plus ressenti cela depuis la première fois que j'avais embrassé Marc. Mais cette fois, c'était beaucoup plus intense encore. Instinctivement, nos mains se laissèrent aller sur le corps de l'autre. Chaque mouvement de ses mains dans mon dos et sur le haut de mes hanches augmentait encore mon désir et je sentais qu'il en était de même pour elle.

Un instant plus tard, nous nous séparions et reculions d'un pas, encore surprises et sous le choc de ce que nous venions de faire. Notre souffle était rapide et mon cœur battait la chamade, tout comme le sien, je présume. Nous nous regardions et aucune des deux n'osa parler. Peu de choses sortirent de ma bouche.

— Waw !

— Tu l'as dit, me répondit-elle.

— C'était quoi ça ?

— Je ne sais pas. Quand j'en parlais, c'était toujours pour déconner, je… je n'avais jamais imaginé que ça pouvait se produire.

— Et encore moins que ça pouvait faire cet effet-là, ajoutai-je.

— Je suis d'accord. On… fait quoi maintenant ?

— On oublie ! Et vite ! dis-je sèchement.

— Oui, on oublie, confirma-t-elle, alors que je n'avais même pas fini mon objection.

Trop choquée pour pouvoir encore la regarder dans les yeux, je préférais sortir des toilettes. À bonne allure, je me dirigeai vers l'extérieur où j'aurais voulu prendre l'air… mais c'était sans compter que j'étais à l'école et que je n'étais absolument pas censée me balader dans les couloirs pendant les heures de cours.

Et ce qui devait arriver arriva. Je tombai nez à nez avec la DA, Mme Thomes.

— Encore vous ! brailla-t-elle. Je vous ai déjà surprise en retard ce matin et voici que vous vous baladez dans les couloirs en pleine heure de cours. Je présume que vous avez une bonne raison.

— Ça ne s'est pas bien passé avec Joseph, euh, je veux dire M. Wiskjansky.

— Joseph ! Alors voici que vous le tutoyez déjà ?

— Non, enfin oui, c'est lui qui nous l'a demandé.

— C'est lui qui… mon Dieu ! Il commence très fort. Mais bref, que s'est-il passé ?

— Il m'a…

Je réfléchis un instant. En fait, il ne m'avait rien fait. Il m'avait juste remise à ma place… avec raison en plus. Je ne pouvais pas lui remettre cela sur le dos.

— Il vous a quoi ?

— Rien. En fait, c'était ma faute.

— C'est déjà très bien de le reconnaître. Et que comptez-vous faire à présent, jeune demoiselle.

— Retourner en classe ?

— Cela me semble en effet le plus sage.

Je me remis donc en route… dans l'autre sens.

Heureusement la seconde qui suivit, la sonnerie retentit dans tout le bâtiment. La fin de l'heure ! Sauvée par le gong, c'était le cas de le dire. J'adressai un large sourire narquois à la DA et m'empressai de sortir prendre l'air comme j'en avais eu l'intention au départ.

En avance sur tout le monde, je pus même choisir le

banc, le plus neuf et au soleil. Marc m'en voudrait encore car il préférait rester à l'ombre, mais bronzage oblige, l'ombre n'était pas une option, sauf pour les *geeks* naturellement. Ceux-là, il valait mieux qu'ils ne se montrent pas sous peine de se faire houspiller par tout le monde.

Marc et June n'allaient pas tarder à arriver. D'ailleurs, June, qui me suivait logiquement de peu, sortait déjà du bâtiment le pas lent et hésitant. Lorsqu'elle leva les yeux et m'aperçut, elle s'arrêta un instant. Elle hésitait même à venir me rejoindre. Mon cœur se figea une seconde. Même si la situation allait s'avérer très étrange, je n'imaginais pas passer une pause sans elle. Il se remit à battre lorsqu'elle fit un pas dans ma direction.

Derrière elle, les élèves de toute l'école sortaient en trombe par les grandes portes comme de la pâte à modeler pressée trop fort entre des doigts. Il était difficile d'imaginer que les couloirs pouvaient rester déserts pendant les courts avec autant de personnes dans l'école en même temps.

C'est là que j'aperçus Marc sortir en trombe avec ses copains. Frappant l'épaule de Serge en rigolant, il se dirigea vers moi. Je savais déjà qu'il allait me faire un sermon sur ce qui s'était passé en classe à l'instant et pour cela, je n'avais vraiment pas envie de le voir. Il rejoignit June en trottinant afin d'arriver en même temps qu'elle.

Lorsqu'elle l'aperçut, son visage rougit d'un coup. Elle se sentait visiblement mal à l'aise vis-à-vis de lui… ce que je compris très bien car, les voyant tous les deux, mon cœur s'emballa.

Je sortais avec deux personnes en même temps, un garçon… et une fille ! J'aurais bien voulu dire que je ne sortais pas avec June, mais ç'aurait été me voiler la face et ce n'était vraiment pas aussi simple. Dieu ce que j'avais honte de moi, sans même savoir pourquoi d'ailleurs. Je n'avais rien calculé. Qu'est-ce que je pouvais bien y faire ? Mais surtout, qu'est-ce que j'allais faire maintenant ?

Je les regardais tous les deux. Lorsque mes yeux tombaient sur Marc, rien de particulier ne se passait. Par contre, quand ils s'arrêtaient sur June, mon cœur s'accélérait et mon ventre se nouait. Mais même si le message semblait clair, je ne devais pas aller trop vite en besogne. Avec June, cela venait de se passer. Il me faudrait plus de recul pour savoir où nous en étions... où j'en étais.

Lorsqu'ils arrivèrent près de moi, je n'osai pas la regarder et fixai Marc dans les yeux. Je pense que, sans le dire, June m'en remercia. Mais le regard de Marc me perturba. Il semblait accusateur.

— On peut savoir ce qui t'a pris en classe ?

Malgré son regard, le ton qu'il employait restait neutre et très calme comme à son habitude.

— Rien, laisse tomber.

— Comment ça, laisse tomber ! Tu rabaisses Axelle ouvertement devant toute la classe puis tu quittes le cours.

— Tu la défends maintenant ?

— Ça n'a rien à voir ! J'essaie juste de rester objectif. Je sais que vous ne vous blairez pas, mais ce n'est pas nouveau. Tu l'as toujours ignorée jusqu'ici et j'admirais cela. Et aujourd'hui, tu la bouscules puis tu la provoques en classe. Je ne suis pas pour elle, mais ne me demande pas d'être de ton côté quand tu as tort.

— Eh bien si ! Justement. (Je l'agressais très clairement.) C'est ce que je te demande ! D'être de mon côté, même si j'ai tort. Mais ça, tu ne le comprendras jamais. Alors, il vaut mieux que tu retournes voir tes amis, tu seras bien mieux avec eux.

— C'est d'accord ! Tu as raison sur le fait que ce sera mieux, le temps que tu te calmes en tout cas.

Il se retourna et fit quelques pas avant d'ajouter :

— Ah, au fait, j'oubliais. Vendredi, j'organise une fête chez moi pour la rentrée, j'espère que vous y viendrez toutes les deux.

Il ne reçut aucune réponse et n'en attendit d'ailleurs pas, il savait que nous viendrions. Il organisait régulièrement des fêtes de ce type chez lui. Généralement à la rentrée et à la fin de l'année. Mais parfois aussi quand un évènement spécial se produisait. L'année dernière, un élève était mort dans un accident. C'était quelqu'un de bien que tout le monde appréciait à l'école et ce fut un véritable choc. Deux semaines plus tard, Marc organisait une réunion toute simple pour permettre à tout le monde de penser à autre chose. Ses parents étaient vraiment sympas de permettre cela.

Mais bon, ce n'était pas ce qui m'occupait le plus l'esprit à cet instant. Je me retournai vers June.

Elle n'osait manifestement pas me regarder dans les yeux. C'était la première fois que je la voyais comme cela, cela me fit une drôle de sensation. Elle qui était toujours si sûre d'elle. J'en éprouvais une grande tristesse.

— Qu'est-ce qu'il se passe ? lui demandai-je.

— Tu y as été un peu fort avec Marc, me dit-elle visiblement pour éviter d'aborder le sujet sensible.

— Il me gonfle. Je n'ai pas besoin de ses leçons de morale à deux balles. Et encore moins qu'il prenne la défense de l'autre pétasse.

— C'est vrai, mais quand même. Tu ne lui aurais jamais parlé comme ça avant.

— Oui, mais on ne peut pas dire que je me trouve dans une situation des plus normales. Je me vois morte dans le miroir, mes émotions, et surtout la colère, sont décuplées tout comme ma force… et je suis lesbienne, le tout en moins de quatre jours. Alors excuse-moi du peu, mais il y a de quoi se sentir perturbée.

— Je te l'accorde. Et tu comptes faire quoi ?

— Je n'en sais rien, soufflai-je pour me calmer.

Mais me relâcher n'eut pas l'effet escompté. La tension me maintenait à flot jusque-là, si bien que lorsqu'elle disparut, je sombrai rapidement et les larmes me submergèrent.

— Je ne sais pas… Je… Comment veux-tu que je sache quoi faire ? Qu'est-ce qu'il m'arrive ? Aide-moi, je t'en prie.

Elle hésita, mais finalement, elle me prit dans ses bras.

— Je ne sais pas comment t'aider… si ce n'est en restant près de toi.

— Ce sera déjà ça, mais…

Un silence qui parut une éternité s'installa entre nous.

— On n'est pas obligées d'en parler, me dit-elle calmement.

— Si, au contraire, je crois qu'on se doit d'en parler.

— Bien sûr, mais peut-être pas maintenant. On n'est pas pressées. Si on laissait passer la semaine et la soirée chez Marc vendredi. On verra comment ça se passe et on en reparlera après.

— Je crois que c'est une bonne idée, confirmai-je. Nos idées ne sont pas suffisamment claires pour l'instant. Si nous en parlions, ce serait par trop subjectif.

— Et puis tu as autre chose à t'occuper pour l'instant, me dit-elle en pointant discrètement du doigt derrière moi.

Je me retournai et vis Axelle avec deux autres filles près du groupe de Marc et ses copains. Mais je m'en moquais. Et c'est ça qui m'inquiéta sur le moment.

Plus rien ne tournait rond dans ma tête. Un instant, je la détestais au point de la frapper ou de vouloir la ridiculiser devant tout le monde et quelques minutes plus tard, je me moquais complètement qu'elle soit près de Marc. J'avais l'impression de devenir folle.

— Je ne veux plus parler de tout cela pour l'instant.

— Tu as raison, elle n'en vaut pas la peine.

— Non, je veux dire de tout. Elle, Marc, ma mort…

— Ta mort ?

— Je veux dire mon *moi-morte* dans le miroir. Je ne veux plus parler de tout cela. Laissons passer la journée. On verra déjà demain.

— D'accord.

Je passai le reste de la journée renfermée sur moi-même. Je ne répondais que par monosyllabes, un mot ou deux tout au plus. Je n'étais attentive à rien ni à personne. Il m'était impossible de me concentrer sur un sujet particulier et pourtant, je n'arrivais pas à me sortir de la tête mon image dans le miroir et mon baiser avec June.

Au fil de la journée, c'était mon image qui s'était imposée à mes pensées. Plus les heures passaient, moins je pensais au baiser ou du moins me prenait-il moins la tête.

Je m'étais encore effondrée plusieurs fois en larmes au moment de la pause de midi et de l'après-midi. Marc était venu me voir à plusieurs reprises et j'avais fini par craquer. Je lui expliquai tout... sauf le baiser avec June, naturellement.

Son regard en dit long, il me prenait clairement pour une folle. Je fis le test une fois de plus en l'amenant devant les vitres des grandes portes de l'école. En pleine journée, on se voyait très bien dedans. Il ne vit que moi, belle et attirante comme il le dit si bien... mais son compliment tomba à l'eau, je n'étais vraiment pas réceptive à cela pour le moment.

Désespérée, je lui dis que j'avais envie de rester seule. Il respecta ma demande, charmant comme à l'accoutumée, ou alors préférait-il rester loin de moi en attendant que ma folie s'atténue.

Ce jour-là, j'étais même rentrée à pied. Ça m'avait pris plus d'une heure, mais ça m'avait fait du bien.

Mon père était rentré. Je le saluai vaguement avant de m'engouffrer dans l'escalier pour monter dans ma chambre. Mais je m'arrêtai vite.

Que ferais-je dans ma chambre ? J'aurais la tentation permanente d'aller me voir dans le miroir et cette tentation se transformerait en peur. Finalement, aujourd'hui, je serais sans doute mieux avec mon père.

Je redescendis les quelques marches et le rejoignis dans le salon. Il était assis dans le divan, le regard figé sur l'écran de télévision. Une émission sur les crocodiles, mais je savais qu'il n'y prêtait aucune attention. Il se donnait simplement un prétexte pour rester assis et se perdre dans ses pensées.

Il songeait à maman, je le savais.

Je m'assis à côté de lui et vins me lover contre son épaule. J'avais besoin, moi aussi, de réconfort. Il leva le bras pour que je puisse me blottir contre lui et me caressa le bras.

— Tu penses à maman ? demandai-je.

— Ça se voit tant que ça ?

— Il est loin le temps où je croyais que tu regardais la télé pour passer le temps. Aujourd'hui, je vois bien ta tristesse et je la ressens.

— Je suis désolé, je fais ce que je peux, mais j'avoue ne pas arriver à grand-chose. Je dois te paraître un père bien médiocre.

— Ne dis pas de bêtises. Je ne manque de rien.

— L'aspect matériel, c'est une chose. Mais tu as aussi besoin d'un parent pour t'aider et te conseiller.

— La plupart de mes amies sont saoulées en permanence par les conseils de leurs parents. Alors crois-moi, ça ne me manque pas.

— Vu comme ça…

— Et puis, quand j'ai besoin de ton aide, tu es là, c'est le plus important.

— Je fais ce que je peux… surtout que je n'ai pas été là pour ta maman, donc…

— Arrête avec ça ! Tu as fait de ton mieux et ce mieux est bien plus que ce que la plupart des maris auraient pu faire.

— Tu es gentille, mais cela ne change rien au fait que mes recherches inutiles ne m'ont pas permis de la sauver. Elle m'en veut beaucoup.

— Comment pourrait-elle t'en vouloir ? Elle est morte.

— Oui… enfin… tu comprends ce que je veux dire.

— Elle ne t'en a jamais voulu, tu le sais bien.

— Oui, sans doute.

— Exactement, comme toi. (Il sourit en me regardant avant de me déposer un baiser sur le front.) Arrête de t'en faire. (Je le serrai contre moi pour le rassurer.) Il y a plus de deux ans qu'elle est morte maintenant. Elle me manque à moi aussi, mais il est temps que tu tournes la page. Ce que je vais te dire va te sembler bateau à mort, mais je crois que c'est ce qu'elle aurait voulu…

— Que je rencontre quelqu'un d'autre ?

— Que tu sois heureux.

— Je ne peux pas… pas encore. Dans un sens, elle n'est pas encore partie.

— Que veux-tu dire ?

Il mit un certain temps à répondre, mais je ne réagis pas.

— Rien, c'est sans importance. Arrêtons de parler de cela. Comment s'est passée ta rentrée ?

Je marquai un moment de silence à mon tour. J'hésitais encore à lui parler de mes problèmes, mais comme nous en étions à nous parler sincèrement…

— Pas tellement bien, en fait.

— Ah bon ?

— Oui, enfin, ce n'est pas la rentrée en elle-même, de ce côté-là, rien de particulier, c'est autre chose. Ça a commencé vendredi en rentrant de chez June. Tu te souviens quand j'ai crié dans la salle de bain ?

— L'araignée ?

— Oui, ben en fait, ce n'était pas pour une araignée. C'est… difficile à expliquer. Tu veux bien venir avec moi jusque devant le miroir dans le couloir ?

— Bien sûr.

J'angoissais. Je n'avais pas envie de me voir et mon père ne verrait sans doute rien, comme vendredi. Mais j'avais envie de lui en parler.

Au moment où je me retournai pour contourner le divan, mon corps se paralysa d'un coup.

Elle était là… mon *moi-mort*… debout dans le salon. Elle me fixait d'un regard livide, presque immobile. Son corps n'était animé que d'un mouvement anarchique de balancement qui me fila la pétoche.

Je fus tellement choquée qu'aucun cri ne sortit de ma bouche.

Je sentis la sueur monter d'un coup sur mon front et dans le bas de mon dos, une sueur froide et irritante, manifestation inconsciente de la peur qui me tenaillait. Que voulait-elle ? Pourquoi était-elle là ? Quand allait-elle partir ?

— Que fais-tu ? me demanda mon père.

Je le regardai, les yeux emplis de panique et de larmes qui brouillaient ma vue.

— Mon Dieu, que t'arrive-t-il ? s'inquiéta-t-il immédiatement.

— Tu ne vois vraiment rien ? lui demandai-je, la voix tremblante en regardant droit devant moi.

Mais elle avait disparu.

— Non, qui suis-je censé voir ?

Je la cherchai du regard… mais rien. Elle s'était évaporée. Et pourtant, je n'avais pas rêvé, j'en étais persuadée. Mes yeux se posèrent sur le sol, à l'endroit exact où elle s'était tenue. Sur le carrelage du salon, on pouvait encore distinguer l'empreinte humide de ses deux pieds. Mon cœur s'arrêta. Je n'étais pas folle, je savais maintenant que je n'avais pas rêvé… quoique cela ne prouvait pas que je n'étais pas folle réellement et que tout ceci n'était pas un long cauchemar dont je finirais par me réveiller.

— Rien, dis-je dépitée à mon père que je sentais s'impatienter derrière moi. Suis-moi.

Je l'emmenai dans le couloir et m'arrêtai devant le miroir. Elle était toujours là, à prendre impunément la place de mon reflet. Elle m'effrayait toujours, mais à présent, la colère se mêlait à la peur et même si je ne sentais pas encore très bien ce dont il s'agissait, je pouvais déjà dire qu'il ressemblait à de la colère. Est-ce que je commencerais à me rebeller contre cette situation ? Ce serait bien, mais je ne peux quand même pas casser tous les miroirs et toutes les vitres. Et en plus, cela ne servirait à rien. En tout cas, si cela me permettait d'avoir moins peur, ce serait déjà pas mal.

— Dis-moi ce que tu vois, lui dis-je.

— Toi.

— Et c'est tout ?

— Oui, à part moi derrière toi.

— Oui, mais chez moi, tu ne vois rien d'étrange ?

— Maintenant que tu le dis, tu t'es habillée bizarrement aujourd'hui, tu es plus coquette d'habitude.

— Laisse-moi tranquille avec mes vêtements, ils se sont déjà chargés de me le dire à l'école. Ce qui m'inquiète, c'est ce qui se trouve dans ces vêtements justement.

— Que veux-tu dire ?

— Moi, c'est moi le problème ! Tu ne vois donc rien.

— Non, désolé de te décevoir. Que suis-je censé voir ?

Il me fallut un instant avant de répondre. Je me demandai comment il allait réagir. Ce n'est pas tous les jours qu'on annonce à son père qu'on se voit morte dans le miroir. J'étais sûre que cela se passerait mieux si je lui annonçais que j'étais lesbienne. Mais ce point-là viendrait plus tard… enfin, si je l'étais réellement. Mais ce n'était pas le sujet à cet instant.

— *Moi-morte*, lui répondis-je froidement.

Cette fois, c'est lui qui laissa passer un moment de silence.

— Toi… morte ? J'avoue ne pas comprendre, dit-il avec un sourire coincé.

Il vit pourtant que j'étais sérieuse et il me connaissait bien. Son sourire s'effaça rapidement. Mais en plus de son sourire, je décelai une certaine hésitation. Je pouvais me tromper, mais j'eus l'impression qu'il était gagné par les mêmes sueurs que moi. Sans doute se faisait-il du souci pour moi.

— Explique-moi, ajouta-t-il.

Mon père est un scientifique. Il fallait que mon explication tienne la route... pour autant qu'elle le puisse. Je décidai donc de tout raconter depuis le début en gardant un déroulement logique, sinon, il ne me croirait pas.

— Tu te souviens lorsque tu es venu me rechercher chez June. Quand nous étions dans la voiture, je t'ai demandé ce que tu avais dit, mais tu n'avais pas parlé. Eh bien, à ce moment, j'avais entendu une voix. Elle parlait de mort et d'âme.

— Oui, je me souviens que tu m'as demandé ce que je pensais de l'âme.

— C'était juste après la voix. La voix me rappelait la tienne et je voulais être sûre.

— Sûr de quoi ?

— Que c'était bien toi.

— Moi ! Mais pourquoi ?

— Tu as répondu exactement, phrase pour phrase, ce que la voix m'avait dit. C'était bien toi... ou du moins, ta voix. (Son silence en dit plus long que n'importe quel mot.) Je sais que ça semble ridicule et je t'assure que je n'y comprends rien moi-même. Mais pourtant, c'est ce qui s'est passé. Ce ne sont que les faits. Mais ce n'est pas tout...

Peu après, j'en arrivai à l'épisode de la porte de la salle de bain que j'avais fait voler en éclats et de mon ongle retourné. Rien de réel et pourtant, j'avais l'impression de l'avoir vraiment vécu. Je lui expliquai ensuite l'épisode avec Axelle que j'avais bousculée si fort qu'elle était tombée plusieurs mètres en arrière... Heureusement, elle n'était pas blessée.

Je m'attendais à ce qu'il me demande pourquoi j'avais fait cela, que ce n'était pas bien et qu'il me fasse la morale, comme n'importe quel père l'aurait fait. Mais j'oubliais que mon père n'était pas comme les autres. Il réfléchissait toujours plusieurs fois avant de faire des reproches et sans doute le fait que je lui dise qu'elle allait bien lui avait fait comprendre que c'était sans importance face à tout ce qui m'arrivait pour l'instant. Si bien qu'il ne dit rien et me laissa continuer.

— Vint ensuite la colère qui me submergea une fois de plus en classe après que j'ai inutilement provoqué Axelle. Et finalement, mon moi-morte qui est apparu dans le salon.

Lorsque je finis mon histoire, les larmes coulaient à flots continus sur mes joues et j'avais du mal à parler. Il me prit dans ses bras pour me rassurer.

— D'où penses-tu que ça vienne ? me demanda-t-il simplement.

J'avais toujours apprécié ça chez mon père. Il ne me jugeait pas et ne cherchait pas à imposer d'emblée sa vision des choses en me traitant de folle... même eût-il raison. Il voulait d'abord savoir ce que j'en pensais pour mieux savoir comment réagir.

— Je ne sais pas. Ce n'est pas comme si j'étais punie d'avoir fait quelque chose de mal. Là au moins, je saurais pourquoi ça arrive. Ici, ça me tombe dessus et je n'en connais pas la raison. J'ai l'impression de devenir folle.

— Allons, ma puce (il me prit dans ses bras), je ne crois pas que tu sois folle. Tu as l'esprit aussi logique

que le mien et je sais que tu ne te laisserais pas dépasser sans rien faire. Et je te crois quand tu dis voir toutes ces choses. Ce que nous devons découvrir, c'est pourquoi tu vois tout cela.

— Comment veux-tu qu'on le découvre ?

— Écoute (il me prit par l'épaule et me poussa pour retourner dans le salon), il s'agit manifestement d'hallucinations. Et ce genre de phénomènes n'arrive pas sans raison. Comme tu n'as subi aucun traumatisme… dis-moi si je me trompe (je confirmai d'un signe de tête), je pense plutôt à un phénomène chimique.

— Chimique ?

— Oui, comme si une substance, dans l'air par exemple, provoquait ce phénomène. Ce n'est pas évident à déterminer puisque rien ne semble avoir drastiquement changé, mais je vais faire quelques tests.

— Tu penses à quoi ?

— Demain soir, je vais ramener des appareils du labo. Nous verrons bien.

— Et si ça ne donne rien ?

— Ça voudra dire que tu es déjà morte.

— Quoi ?!

Je venais de recevoir un coup de poignard dans le cœur et mon visage se décomposa d'un coup.

— Je plaisante !

Je n'avais pas entendu mon père faire de l'humour depuis la mort de ma mère.

Je crois, dans un sens, que le fait qu'il pouvait faire quelque chose pour moi le rendait heureux. Même si la situation en elle-même ne prêtait pas à sourire.

Mon père aimait nous aider, ma mère et moi. Le fait qu'il ne puisse plus le faire le minait peut-être autant que la disparition de maman.

Je devrai m'en souvenir à l'avenir. Quand tout ceci sera derrière moi, il me faudra penser à l'impliquer plus. Ça l'aiderait peut-être un peu... et ça *nous* aidera.

— C'est pas drôle ! dis-je en souriant.

— Pardon, je voulais juste te détendre un peu.

Je laissai quelques secondes s'écouler avant de poursuivre.

— Et ça a fonctionné. Merci.

— Bien, ceci étant dit, si on mangeait.

— Bonne idée, je meurs de faim.

Je n'avais pas dormi cette nuit-là. Les choses avaient pris trop d'ampleur et j'y pensais sans cesse. Les images de la porte de la salle de bain qui vole en éclats, de mon reflet dans le miroir et de mon comportement à l'école me revenaient en mémoire. Je n'avais pas pris de douche. Je n'avais même pas osé me lever pour aller dans la salle de bain. La télé avait tourné toute la nuit et mon père était venu voir plusieurs fois comment j'allais… il n'avait pas dormi non plus.

Je n'avais pas fermé l'œil, ou du moins était-ce ce que je pensais. J'avais bien dormi tout un week-end la nuit dernière… encore une phrase improbable qui sortait de ma bouche. Mais finalement, ce n'était pas plus étrange que tout ce qui m'arrivait. Je changeai de chaîne à la télé jusqu'à trouver une émission où la date était inscrite. Ouf, on était bien mardi. Jamais je n'aurais cru dire « ouf » après une nuit blanche, mais bon…

Les heures étaient passées, provoquant une profonde lassitude.

J'entendis la porte d'entrée se fermer. Mon père partait pour le boulot. C'était le signal pour moi de me lever et de partir à l'école. D'habitude, je réglais le réveil pour qu'il sonne cinq minutes avant l'heure pour flâner encore un peu au lit et la porte d'entrée fermée me faisait lever. Aujourd'hui, je n'avais pas eu besoin du réveil.

Je me dirigeai vers la salle de bain. Peut-être qu'après ma douche, une bonne dose de maquillage allait pouvoir couvrir mon aspect cadavérique.

Je vérifiai dans le miroir.

Je n'avais pas changé... je veux dire, mon cadavre était toujours là. Si cela devait durer, je finirais sans doute par m'y habituer, mais pour l'instant, il me faisait toujours peur, comme une présence morbide en permanence à mes côtés.

Je pris une douche sans conviction.

Lorsque je me maquillai, chaque coup de crayon disparaissait instantanément, comme la buée sur la vitre d'une voiture.

Je sentis alors une vive tristesse m'envahir et les larmes me monter aux yeux. Puis, la tristesse se transforma en colère. J'avais déjà ressenti cela la veille, mais je devais la contrôler cette fois.

Je m'appuyai sur l'évier et serrai la faïence.

Soudain, tout le meuble se mit à trembler, comme s'il n'était pas d'accord avec la colère que je lui transmettais en l'empoignant. Je m'écartai d'un bond et vis une ombre passer furtivement dans l'entrebâillement de la porte.

Immédiatement, les tremblements s'arrêtèrent.

Qu'est-ce que c'était ?

J'avais vu quelque chose passer dans la porte, mais je n'avais pas pu identifier ce que c'était. Mon cœur s'emballait avec la peur qui m'envahissait.

Il y avait quelque chose, ou quelqu'un, dans ma chambre. Et papa qui n'était pas là ! Pour une fois que j'aurais voulu crier après lui, il n'était pas là.

Qu'est-ce que j'allais faire ? Je ne pouvais pas rester ici indéfiniment... Et pourquoi pas finalement ? Je pouvais attendre que mon père revienne ce soir. Il me suffisait de m'enfermer quelque huit heures dans la salle de bain.

Non, c'était ridicule. Je devais aller voir.

Mais j'hésitai encore. Si c'était dangereux, je risquais ma vie. Ma vie valait bien que j'attende ici pendant quelques heures.

Je ne savais plus, je ne savais pas.

Il fallait que je me calme, je devais me calmer, calme-toi !

Je devais écouter en silence. S'il y avait quelqu'un, je l'entendrais forcément bouger.

Mais rien.

À part ma respiration et les battements de mon cœur soudain si forts, je n'arrivais à rien entendre, c'était le comble ! Dans l'état où j'étais, j'aurais pu tourner un nouvel épisode du *Blairwitch Project*. Et vu mon état dans le miroir, je n'aurais vraiment pas eu besoin de maquillage... Mon esprit divaguait bien malgré moi, mais il fallait que je me ressaisisse.

Je me relevai doucement et saisis une paire de ciseaux à ongles pour frapper au cas où. J'aurais pourtant dû savoir que c'était inutile. On a tous vu ça dans des milliers de films d'horreur et pourtant... tout le monde fait pareil.

Il n'y avait rien, je devais m'en convaincre. Je penchai un peu la tête dans l'entrebâillement.

Il n'y avait rien.

Je poussai doucement la porte pour mieux voir. Bien entendu, elle grinça... et je grimaçai.

Il n'y avait rien.

Je me penchai légèrement en avant pour mieux voir ma chambre, les ciseaux à hauteur du visage.

Il n'y avait rien…

J'étais tellement soulagée que je faillis en perdre l'équilibre et tomber en avant. Il n'aurait plus manqué que je me plante les ciseaux dans le corps car cette fois, mon père m'aurait bel et bien fait enfermer.

Je déposai mon *arme de mort* (ridicule !) à côté du lavabo. Ma main tremblait encore. En massant mon poignet douloureux d'avoir trop serré les ciseaux, je remarquai que j'étais toujours nue. Il était temps de m'habiller et d'aller prendre le bus.

À cette réflexion, je me dis que j'avais quand même une formidable faculté d'adaptation. Je passais d'une peur irrationnelle à un raisonnement tout à fait rationnel de la vie de tous les jours sans le moindre problème, semblait-il… à moins que ce ne soit qu'une échappatoire.

Il me fallut moins de quinze minutes pour choisir mes vêtements et à peine plus pour me décider définitivement. Quelques minutes de plus suffirent à m'habiller.

Reprendre des activités d'une incroyable banalité me faisait du bien. Pendant ce laps de temps, je n'avais plus pensé à tout ce qui m'arrivait. La seule chose qui m'inquiétait, c'était de ne pas porter, comme la veille, des vêtements dépareillés.

En attendant que nous trouvions ce qu'il m'arrivait, je devais essayer de faire avec.

Mais lorsque je me retournai pour vérifier l'heure sur le réveil, elle était là ! Immobile, comme la veille. Mon cœur s'arrêta un instant, provoquant une intense douleur dans ma poitrine.

Elle m'observait.

Un silence pesant tomba sur la chambre. J'eus même l'impression que le son de la télé s'était étouffé.

Elle était horrible… et vraiment flippante.

L'idée de reprendre les ciseaux me traversa l'esprit et, instinctivement, mes yeux se tournèrent vers la salle de bain.

Mais lorsque mon regard voulut se reporter sur elle, elle était juste devant moi… à quelques centimètres.

Je sursautai en criant et tombai en arrière. J'essayai alors de reculer à quatre pattes, espérant qu'elle ne me poursuivrait pas. Ses yeux blancs cadavériques me fixaient. Ses cheveux ternes et emmêlés lui tombaient sur le visage. Et pour la première fois, je l'entendis…

Un souffle rauque s'échappait de sa gorge.

Tandis que je reculais, mon coude heurta le lit et mon regard se détourna d'elle un instant… de trop.

Lorsque mes yeux revinrent sur elle, elle était à nouveau sur moi, son visage à quelques centimètres du mien. Je hurlai une nouvelle fois et me recroquevillai sur moi-même, attendant lâchement la suite. Mais rien ne se produisit.

Quelques secondes plus tard, le silence étouffant disparut et le son de la télé revint. Je me risquai dès lors à jeter un œil dans le creux de mon épaule.

Elle n'était plus là.

Il me fallut encore un certain temps avant d'oser me redresser. Mais manifestement, elle avait bel et bien disparu.

Lorsque la peur s'atténua légèrement, les larmes prirent le relais instantanément et je me mis à pleurer comme une jeune première.

Alors que quelques secondes auparavant je me disais qu'il fallait me ressaisir et m'habituer à la situation, j'implorais à présent que cela cesse.

Mais mes plaintes furent de courte durée car elle réapparut la seconde suivante.

— Mais qu'est-ce que tu veux à la fin ?! hurlai-je tandis que la peur me reprenait.

Naturellement, elle resta muette, se balançant sur elle-même de manière saccadée, comme dans un mauvais rêve. Sans réellement comprendre pourquoi ni comment, une véritable rage m'envahit, comme si j'en voulais au monde entier. La peur disparut rapidement pour faire place à une assurance démesurée.

Je m'avançai vers elle, bien décidée à lui faire comprendre qui j'étais, mais à peine avais-je fait un pas, mon pied n'ayant pas encore touché le sol, qu'elle fonçait sur moi à une vitesse vertigineuse et me traversait comme si je n'existais pas.

L'instant d'après, je sentis toute force quitter mon corps et m'effondrai sur le sol comme une poupée désarticulée… comme si j'étais morte.

Ma respiration reprit peu après et mon cœur redémarra. Je n'avais même pas eu le temps de me rendre compte qu'ils s'étaient arrêtés.

J'étais toujours affalée sur le sol, incapable du moindre geste, je ne pouvais que bouger les yeux pour voir où elle était, mais je ne la voyais pas, elle était toujours derrière moi. Je sentais sa présence, mais ne savais pas ce qu'elle allait faire. Je n'avais encore jamais ressenti un tel sentiment d'impuissance.

Peu après, je la vis marcher doucement, par mouvements saccadés, en s'approchant de moi. Ses cheveux recouvraient plus encore son visage, mais je pouvais toujours (du moins je crois) voir ses yeux livides et ses traits ternes. Elle me regardait, j'en étais certaine. J'entendais sa respiration rauque, comme si sa gorge était trop sèche. Elle me faisait vraiment peur et j'étais toujours immobile, paralysée.

Elle n'était pas moi, elle ne pouvait pas être moi, comment l'aurait-elle pu ?

Elle tendit lentement la main comme pour me saisir les cheveux. J'aurais voulu hurler, mais mon corps ne m'obéissait plus. Mes larmes coulaient sans discontinuer tandis que sa main grossissait à ma vue.

Je fermai les yeux.

Puis plus rien.

Pas le moindre bruit.

Sa respiration rauque avait disparu, sa main ne toucha jamais ma tête et le son de la télé me parvint à nouveau. Cette fois, je n'avais même pas remarqué qu'il avait disparu.

J'ouvris lentement les yeux... plus personne.

Alors mon corps fut envahi d'un intense picotement, comme si des milliers d'insectes me piquaient à l'unisson. Il se réveillait et me permettait à nouveau de bouger.

Je me redressai doucement et vérifiai qu'elle n'était réellement plus là. J'attendis même quelques secondes, le cœur battant, pour être sûre qu'elle n'allait pas réapparaître.

Par réflexe, je voulus m'essuyer les yeux des larmes qui avaient coulé en abondance, mais ils étaient parfaitement secs. Je me retrouvai là, au milieu de la chambre, comme si rien ne s'était passé, comme hier matin.

Je devenais vraiment folle.

Il fallait que je quitte les lieux. C'était toujours ici que ça se passait. À l'école, je serais plus tranquille.

J'empoignai mon sac et descendis les escaliers quatre à quatre, espérant encore pouvoir attraper mon bus.

Le bus avait pris du retard et j'arrivai après le début des cours à l'école. La DA nous attendait. Du moins attendait-elle les retardataires sans raison. Pour nous, c'était différent puisque c'était la faute du bus et elle nous laissa rentrer sans encombre, nous demandant seulement de ne pas traîner et de ne pas perturber les cours.

Les cours… quels cours ? Je me retrouvai à la pause sans en avoir rien suivi tant mon esprit était ailleurs. Je sentais de plus en plus une colère latente m'envahir. La poudre montait et la moindre étincelle aurait pu y mettre le feu… et il ne fallut pas attendre longtemps.

— Eh bien, qu'est-ce qu'il t'arrive ces temps-ci ? me demanda Marc.

— Le bus avait du retard, répondis-je avec indifférence.

On ne s'était même pas embrassé pour se dire bonjour.

— Je ne parle pas de ça, mais de tes… visions.

Le ton qu'il employa fit monter un peu plus la tension. Encore une remarque comme ça et elle allait m'entendre.

— Mes *visions* ne te regardent pas et surtout pas si tu me parles comme si j'étais une débile.

— Mais qu'est-ce qui te prend ? Tu t'énerves sur tout le monde sans raison et tu…

— Sans raison ? (Je haussai le ton.) Sans raison ?! Tu sais ce qu'il m'arrive et même si tu ne me crois pas, tu pourrais au moins comprendre que cela puisse me mettre dans cet état. Ou est-ce trop te demander ?

— Ça va, j'ai compris, il vaut mieux que je m'en aille. Quand tu seras calmée, on pourra peut-être en parler.

— C'est ça, va rejoindre tes copains. (Je m'approchai

tout près de lui pour le provoquer tant la colère m'envahissait.) Et ce n'est pas la peine de revenir si c'est pour me parler comme à une demeurée.

Il haussa les épaules devant le ridicule de mon comportement (et finalement, je ne pouvais pas lui en vouloir, j'aurais sans doute agi comme lui) et partit.

Je m'assis près de June. Au départ, elle fit semblant de rien.

— Je suis impatiente d'aller à la fête de Marc vendredi. Pas toi ?

— J'avoue que j'ai d'autres préoccupations pour l'instant et je ne crois pas que je pourrai y aller.

— Je crois au contraire que ça te ferait du bien de te détendre un peu. Une bonne cuite et un moment intime avec Marc (elle sourit malicieusement), rien de tel pour...

— Tu crois vraiment que c'est à ça que je pense pour l'instant, et de toute manière, vu comment les choses tournent avec lui pour l'instant, c'est bien la dernière chose dont j'ai envie.

— Justement, à propos de cela, tu n'y as pas été un peu fort avec lui ?

— Quoi ? Tu es de son côté maintenant ?

— Non, tu le sais bien, mais quand même. Et la preuve, tu m'agresses aussi.

— Ben oui, forcément, puisque tu prends sa défense.

— Je ne prends pas sa défense, je dis juste que tu devrais te calmer.

— Si tu voyais ce que je vois et s'il t'arrivait ce qu'il m'arrive, tu ne dirais pas ça. Et je croyais d'ailleurs que tu allais me soutenir. Mais tu as visiblement changé d'avis.

— Non, pas du tout, c'est juste que...

— Laisse tomber, c'est plus la peine, je me

débrouillerai bien toute seule… (Mon ton changea alors pour devenir très sombre.) Et je crois d'ailleurs qu'à l'avenir je devrai faire sans vous.

June se recula sur le banc tant je venais de lui faire peur. Elle n'osa même pas surenchérir.

Je me retournai pour partir lorsque j'aperçus le groupe de Marc et ses copains… et Axelle qui s'était jointe à eux.

Ce fut l'étincelle !

La colère que je sentais latente en moi depuis des jours se déchaîna comme un volcan. Je voulais qu'elle souffre… et qu'elle meure ! Je sentis une vive chaleur s'emparer de moi et l'instant d'après, cette pute se tordait de douleur sur le sol. Pas question qu'elle s'en sorte et qu'elle continue ainsi à me narguer impunément.

Interloqués, Marc et ses copains s'attroupèrent autour d'elle. Une seconde plus tard, Marc relevait la tête et me regardait. Il me vit alors telle une furie braquée vers eux. Il ne comprit pas, mais il sentait que j'en étais responsable tant je transpirais la haine.

Les cris de cette traînée s'intensifièrent puis, tout le site de l'école se mit à trembler. Les élèves étaient paniqués, n'osant plus bouger de peur de perdre l'équilibre et de tomber. Ils agitaient les bras pour rester debout. Certains hurlaient. Je sentais les veines de mon visage gonfler au rythme de mes battements de cœur. Je regardai mes mains, mes veines étaient noirâtres.

Puis, aussi vite qu'elle était venue, la colère s'évanouit et ma respiration s'intensifia.

Je regardai autour de moi avec défiance, essoufflée comme si je venais de courir.

Marc me fixait toujours et je crois qu'il remarqua que les cris d'Axelle stoppèrent lorsque je me calmai.

Je me retournai vers June, elle était terrifiée et me fixait comme si j'étais un monstre.

— Personne ne peut me comprendre, hurlai-je comme une démente. Vous méritez tous de mourir !

Soudain, je réalisai la situation. Comme si un démon venait de quitter mon corps et que je reprenais ma place. June et Marc continuaient à me dévisager avec peur et inquiétude.

Qu'avais-je fait ?

Je partis en courant et ne m'arrêtai qu'une fois à bout de souffle au détour d'une ruelle. Pliée en deux, il me fallut quelques secondes pour me ressaisir.

Il n'était pas question pour moi de retourner aux cours. Je n'aurais pas supporté les regards accusateurs ou compatissants de Marc et June.

J'errai deux heures au moins dans les rues, ne m'arrêtant même plus lorsque j'apercevais mon reflet mort dans les vitrines des magasins. Ce *moi* décharné avec les vêtements en lambeaux, les cheveux comme des cordages de bateau et un corps livide. La peur commençait à faire place à l'indifférence, mais ce n'est pas pour autant que je m'y habituerais. Ne plus voir mon vrai visage serait difficile à vivre.

Au fond de mon sac, mon GSM n'arrêtait pas de biper, sans doute des SMS de June.

Je réfléchissais à tout… et à rien. Mes pensées totalement déstructurées, passaient de mon reflet à l'attaque dans la chambre, de ma dispute et du baiser avec June, à Axelle que je torturais.

Comment avais-je fait cela ? Comment avais-je pu la torturer à distance ? Pourquoi toute l'école s'était-elle mise à trembler ? Était-ce moi aussi la responsable ?

Lorsque j'arrivai devant la maison, je m'extirpai à grand-peine de mes pensées... et me rendis compte à quel point j'avais faim.

Je commençai donc par me faire à manger. N'ayant goût à rien, j'ouvris le frigo pour trouver... rien qui me fasse envie en fait. J'attrapai une boîte d'œufs et un paquet de jambon. Je vérifiai la date de péremption, on ne sait jamais, et je me fis une omelette. Des protéines. Exactement ce qu'il me fallait.

La maison était très calme, ça me faisait peur. Je ne voulais plus rester seule. Heureusement, mon père n'allait pas tarder à rentrer, sachant que la DA le préviendrait rapidement de ma subite disparition de l'école. Je pourrais alors lui expliquer ce qui s'était passé. J'avais peur que ses capteurs ne trouvent pas la solution à mon problème.

À croire qu'il m'avait entendue car le timing fut parfait. À peine avais-je pensé à lui que j'entendais la porte qui s'ouvrait. J'ajoutai trois œufs et un peu de jambon dans la poêle. Heureusement, il restait encore assez de pain.

Ce qui m'étonna, ce fut de penser à de telles banalités alors que j'allais expliquer à mon père le désastre que j'avais causé à l'école.

Je m'attendais à ce qu'il soit fâché, ne fut-ce qu'un tout petit peu, mais non, la première chose qu'il fit, ce fut de courir vers moi, l'air paniqué, et me prendre dans ses bras.

— Tu vas bien ? Tu n'as rien ?

— Non, tout va bien.

— Qu'est-ce qui s'est passé ?

Je lui expliquai tout en détail, sans rien omettre. Étant donné la compréhension dont il faisait preuve, il méritait la vérité. Malgré l'énormité de ce que je lui racontais, il ne me jugea pas, même pas du regard, chose qu'on ne contrôle pas facilement.

— De fait, mes capteurs ne serviront à rien, conclut-il simplement.

— C'est tout ? Je viens quand même de te dire que j'ai torturé quelqu'un.

— J'ai entendu, répondit-il calmement. Mais comme je te l'ai dit, je pense que tout ceci n'est qu'hallucinations.

— C'est ce que je croyais aussi car tout ce qui se produisait disparaissait juste après et je me retrouvais seule chaque fois. Mais là, c'était différent. Axelle s'est vraiment tordue de douleur et tous les élèves ont réellement ressenti le tremblement de terre.

— Qui te dit qu'ils l'ont vue ?

— Que veux-tu dire ?

— Ben, imaginons que tout cela ne soit que des hallucinations. Tu as pu croire voir les autres participer à ce que tu causais. Tu as dit que tu étais partie tout de suite après. Si tu n'es pas restée avec eux pour leur parler, comment peux-tu savoir que c'était réel. (Il marquait un point.) Mais il y a un moyen facile de le savoir.

— Comment ?

— Téléphone à June et demande-lui.

Le silence que je marquai à cet instant et le regard en coin que je lui lançai n'ébranlèrent pas son calme apparent. Il voulait comprendre… un vrai bon scientifique. Et j'avoue qu'à présent, je voulais également savoir.

Quinze heures. OK, je pouvais lui téléphoner, c'était la pause. Trois sonneries retentirent avant qu'elle ne décroche. Il y avait beaucoup de bruit et d'agitation autour d'elle. Je mis la conversation sur haut-parleur afin que mon père entende tout. Il me regarda l'air sceptique. Cela ne me mit pas fort à l'aise.

— June ?

— Ah, tu es là ! soupira-t-elle. Je suis rassurée. J'essaie de te joindre depuis ton départ précipité de l'école. Tu vas bien ?

— Ça peut aller. C'est quoi cette agitation autour de toi.

— Tu rigoles ou quoi ?

— Euh non, pourquoi ?

— Écoute, ne te moque pas de moi, s'il te plaît, tu sais ce qui s'est passé, non ? (Mon cœur s'arrêta, je fermai les yeux, ce que je craignais était en train de se confirmer.) Allo ?

— Oui, je suis là. Non, je ne me moque pas de toi.

— Toute l'école est sens dessus dessous avec le tremblement de terre. (Je faillis lâcher le GSM et tomber, mais mon père me rattrapa et prit le téléphone.) Et avec tout ce que tu m'as raconté et Marc qui s'y met, ce n'est pas…

— Marc ? Qu'est-ce qu'il a à voir là-dedans ?

— Il dit qu'il a l'impression que cela vient de toi.

— De moi ?

— Oui, je sais, je trouve cela absurde aussi. Il ne sait pas dire pourquoi, mais c'est l'impression qu'il a. Il pense aussi que le malaise foudroyant d'Axelle pourrait venir de toi. (Je restai silencieuse, tout se confirmait et mon père me regardait tristement.) C'est ridicule, mais il ne veut pas m'écouter.

Je fis un signe de tête à mon père. Il raccrocha sans un mot comme s'il était tristement résigné. Il enleva même la batterie du portable pour l'éteindre plus sûrement. Un pas venait d'être franchi, il s'en rendait compte et moi aussi. J'espérais que June ne m'en voudrait pas trop.

— Tout s'est réellement passé, soufflai-je. Cette fois, il n'y a plus de doute possible.

— Et ça veut dire aussi qu'il ne s'agit pas d'hallucinations, ajouta mon père. C'est donc plus sérieux que je ne l'aurais cru.

— Qu'est-ce que je dois faire ?

— J'avoue ne pas savoir. On ne peut pas dire que ce soit le genre de choses qui arrivent régulièrement et pour lesquelles on peut *briser la vitre en cas d'urgence*.

Un silence pesant s'installa.

Malgré tout, j'eus la présence d'esprit d'enlever les œufs du feu, mais je n'avais plus vraiment faim. Je coupai le gaz et me dirigeai vers le salon... et c'est là que je les vis !

Cette fois, mon *moi-mort* était accompagné de... mon père en blouse de labo. Ils restaient tous les deux immobiles à me regarder. Ils se balançaient légèrement sur place, de manière quasi imperceptible. C'était vachement flippant. Je sentis à nouveau la colère m'envahir, mais cette fois, il fallait que je me contrôle. Je ne pouvais pas causer la même chose qu'à l'école.

— Que me voulez-vous ? demandai-je les dents serrées de colère.

— Quoi ? s'inquiéta mon père.

— Ce n'est pas à toi que je parle. Ils sont là.

— Sont ?

— Oui, cette fois ils sont deux. Moi... et toi.

— Moi ?! s'exclama-t-il.

— Oui, en blouse de labo avec l'écusson de ta société.

— Que veulent-ils ? Je ne les vois pas.

— Je ne sais pas, ils restent immobiles.

— Qu'est-ce qu'on fait ? me demanda-t-il.

— Mais qu'est-ce que j'en sais, moi ! m'offusquai-je. Je n'ai que dix-sept ans. Comment veux-tu que je sache quoi faire ?

— C'est vrai, pardon. Mais comme je ne les vois pas, il m'est difficile d'évaluer objectivement la situation. Est-ce qu'ils t'ont répondu ?

— Non, ils restent silencieux.

Je sentais la colère et les larmes me gagner. Ma voix tremblait légèrement.

— Je veux qu'ils partent. S'il te plaît, fais-les partir.

— Je suis désolé, mais je ne sais pas comment m'y prendre. Je te suis totalement inutile. Et si nous essayions simplement de partir, penses-tu qu'ils nous suivraient ?

— Je ne sais pas. Essayons.

Je me dirigeai vers le couloir, mais rapidement, ils s'interposèrent. En un instant, ils étaient apparus devant moi. Une lueur étrange brillait dans leurs yeux et je ressentis une désagréable sensation. J'aurais beaucoup de mal à décrire cette sensation, mais le mot qui me vient à l'esprit est *la mort*. La mort elle-même, pas mon image dans le miroir, la vraie.

Je fus tétanisée sur place.

L'instant d'après, la lueur s'intensifia et je sentis une vive pression me broyer la cage thoracique. Je fus soulevée du sol comme une vulgaire brindille et projetée contre le mur de l'autre côté du salon.

J'entendis mon père hurler puis tout devint sourd.

La colère me submergeait tel un feu intense qui me consumait de l'intérieur. Je ne pouvais pas me relever, non pas que j'étais étourdie du choc, pas le moins du monde, mais parce que j'essayais vainement de contenir la rage qui m'envahissait.

J'allais leur foncer dessus, sans hésitation, avec la

rage et l'inconscience de la panique, mais lorsque je relevai la tête, ils avaient disparu.

Mon père s'approcha de moi et me posa une main compatissante sur l'épaule. Je suppose qu'il me demandait si ça allait, mais je n'entendais plus rien, rien que le grondement sourd de mon cœur battant à tout rompre.

Lorsque je sentis la chaleur de sa main, je relevai brusquement la tête, la rage me tenaillait.

Mon père se releva d'un bond et me regarda avec une peur panique dans les yeux. Il recula de plusieurs pas. Lorsque je vis son visage hagard, j'imaginai le pire et sentis d'un coup la colère s'évanouir, me laissant sans force.

Je m'effondrai sur le sol et me tournai sur le dos, le souffle rapide. J'étais vidée.

Mon père s'approcha doucement, un pas après l'autre, jusqu'à ce qu'il voit sur mon visage que j'étais redevenue moi-même. Il s'accroupit et plaça une main sous ma tête pour la protéger du sol.

— Ça va, ma chérie ? murmura-t-il.

— Je suis fatiguée, papa. Je veux que ça s'arrête. (Les larmes coulaient le long de ma joue, je devinai le cœur de mon père se fendre.) Pourquoi est-ce que ça m'arrive, à moi ?

— Je ne suis plus assez fort pour te porter. Il va falloir que tu te lèves seule pour aller t'asseoir dans le divan, je vais t'aider.

Je m'accrochai à son bras jusqu'au fauteuil et m'y affalai.

— Je ne sais pas pourquoi une telle chose t'arrive. En fait, je ne sais même pas ce qu'il t'arrive… et ça me rend malade de ne pas pouvoir t'aider. (Il essuya tendrement une larme sur ma joue.) Crois-moi, je voudrais bien pouvoir t'aider.

— Je sais. Merci quand même d'être là.

— Ne dis pas de bêtises. Tu peux me dire ce qui vient de se passer ?

Je revis la scène dans le détail, ce qui provoqua une nouvelle montée de larmes et ma tension grimpa en flèche.

— Quand j'ai voulu sortir, ils se sont mis devant moi. Tu aurais dû voir leur regard. Bien sûr, ils n'ont rien d'humain, mais quand même, leurs yeux ! C'était vraiment effrayant. L'instant d'après, je me retrouvais projetée contre le mur. Quand j'ai relevé la tête, ils avaient disparu.

Instinctivement, mon père regarda dans l'encadrement de la porte où ils s'étaient tenus. Soudain, il fronça les sourcils en se levant du divan et se dirigea vers la porte. Il s'accroupit dans l'encadrement et gratta le carrelage de ses ongles. Je me redressai pour voir, mais il me bloquait la vue.

— Qu'est-ce qu'il y a ?

— Des traces noires.

— ...

— Quatre pour être plus précis. Quatre empreintes de pied. Deux petites et deux plus grandes.

— Ce sont eux ?

— Sans aucun doute, répondit-il. C'est comme si leurs pieds avaient brûlé le carrelage. Ces traces ne partiront plus jamais. Tu as dit que tu pensais qu'ils étaient « nous ».

— C'était nous, il n'y a pas de doute. Elle, est le reflet que je vois constamment dans le miroir et lui, c'était toi en habits de labo.

— Je crois qu'il y a un moyen de s'en assurer, dit-il en revenant vers moi.

Il enleva ses chaussures et se mit pieds nus. Je compris immédiatement. Je me levai à mon tour et fis de même. La seconde qui suivait, nous étions côte à côte dans l'entrebâillement de la porte qui séparait le salon du couloir.

Les empreintes correspondaient parfaitement aux nôtres.

Un frisson me parcourut et je sautai d'un bond de ces copies maléfiques. Un profond dégoût m'envahissait, je m'assis dans le fauteuil et me recroquevillai sur moi-même.

J'espérais que tout cela allait s'arrêter… mais ce ne fut pas le cas.

Soudain, je n'entendis plus rien, on aurait dit que mes oreilles se fermaient. Je voyais mon père parler, mais sa voix n'était plus qu'un grondement sourd incompréhensible.

Que se passait-il de nouveau ?

Bien avant toutes nos découvertes scientifiques, les philosophes se sont déjà penchés sur la question de la mort.

La voix ! Ce n'est pas possible, je n'aurai donc pas une minute de repos. Je suis vraiment en train de devenir folle.

Épicure par exemple disait qu'il ne fallait pas craindre la mort car elle est absente de douleur.

— Mais qu'est-ce que vous me voulez à la fin ? hurlai-je dans le vide.

Dès lors, la seule douleur qu'elle provoque est celle que nous nous infligeons en l'attendant inutilement.

— Laissez-moi tranquille, suppliai-je.

Il écrivait de la sorte: « Ainsi le mal qui effraie le plus, la mort, n'est rien pour nous, puisque lorsque nous existons la mort n'est pas là et lorsque la mort est là nous n'existons pas. Donc la mort n'est rien pour ceux qui sont en vie, puisqu'elle n'a pas d'existence pour eux, et elle n'est rien pour les morts, puisqu'ils n'existent plus. Mais la plupart des gens tantôt fuient la mort comme le pire des maux et tantôt l'appellent comme la fin des maux. »

— Je vous en supplie, pleurai-je à chaudes larmes.

Et finalement, si la mort pouvait être transcendée…

Mon père me serrait dans ses bras. Il essayait de me parler, mais je ne lui répondais pas. La voix dans ma tête m'isolait du reste du monde. Lorsqu'elle se tut enfin, je levai des yeux implorants et pleins de larmes. Il me serra plus fort encore.

— La voix, dis-je hoquetant. Elle est revenue.

— Et que t'a-t-elle dit cette fois ? Tu t'en souviens ?

Je pris un instant pour me remémorer les mots exacts.

— Mais la plupart des gens tantôt fuient la mort comme le pire des maux…

— « … et tantôt l'appellent comme la fin des maux ». C'est d'Épicure, j'adore. (Je le fusillai du regard.) Pardon, c'était déplacé, je l'admets. Je voulais juste dire que c'est un passage que j'aime bien, je le connais par cœur. « Ainsi le mal qui effraie le plus, la mort, n'est rien pour nous, puisque lorsque nous existons la mort n'est pas là et lorsque… »

— C'est pas la peine de répéter, je viens de l'entendre en entier.

— Pardon, s'excusa-t-il. C'est étrange quand même. Les textes que tu entends dans ta tête sont contés avec ma voix et si j'ai bien compris, ce sont des passages que je connais par cœur…

— Et tu viens d'apparaître avec mon *moi-mort*.

— Et je viens de… c'est exact. Je ne sais pas ce que ça veut dire, mais ça fait un peu trop de coïncidences.

— Tu ne penses pas que ça pourrait avoir un lien

avec ton travail ?

— Mon travail ? Qu'est-ce qui te fait dire ça ?

J'avais senti une légère vibration dans sa voix, mais sans doute n'était-ce rien.

— Ben, quand tu es apparu avec mon *moi-mort*, tu étais en blouse de labo. Comme rien n'est coïncidence, je me dis que c'est peut-être un indice.

— Je ne vois pas.

— Est-ce que tu travailles sur quelque chose qui a un rapport avec la mort ?

— Oui, bien sûr. J'ai toujours travaillé dans ce domaine, rappelle-toi quand j'essayais de sauver ta maman. Mais… j'ai changé d'orientation.

— Et maintenant, tu travailles sur quoi ?

— Tu sais que je ne peux pas en parler, mais rien qui ait à voir avec toi, je te rassure, et en tout cas rien qui pourrait expliquer ce qu'il t'arrive. Tu as ma parole.

— Alors, qu'est-ce qu'on va faire ?

— Je n'en sais rien (son regard se perdit dans le vide), je n'en sais vraiment rien.

Il me serra fort contre lui.

J'étais tellement fatiguée et à bout de forces que ma vision se brouilla rapidement et je m'endormis dans ses bras en une seconde.

À mon réveil, j'étais seule dans le fauteuil. Je cherchai en vain mon père du regard. Je l'appelai, pas de réponse. Sans doute était-il déjà parti travailler. J'aurais pourtant voulu qu'il soit là, j'espérais qu'il n'irait pas travailler et que nous resterions à la maison, que je n'irais pas à l'école.

C'est dingue quand même ! Alors que la semaine dernière j'appréhendais quelques heures de shopping avec lui, aujourd'hui, j'aurais voulu passer une journée complète avec lui sans rien faire, n'aller nulle part, juste rester ici. Dans un sens, malgré ce que je pensais, j'étais un peu égoïste.

Mais c'est quand même bizarre qu'il me laisse seule avec tout ce qu'il m'arrive.

Quoi qu'il en soit, il n'était pas question que je reste seule dans la maison. Heureusement, mon horloge interne avait bien fait son travail, j'avais encore le temps de prendre une douche avant d'aller à l'école. Mais comment June et Marc allaient-ils réagir ? Était-ce réellement une bonne idée d'y retourner ? Ne ferais-je pas mieux de rester seule ici ? Non, rester seule à ruminer mes angoisses n'était certainement pas la solution. Je préférais encore affronter leurs questions et leurs regards.

Je grimpai les escaliers quatre à quatre et ouvris la porte de ma chambre, me déshabillai rapidement en entrant dans la salle de bain, évitant de regarder le miroir. La douche fut rapide, juste de quoi me rafraîchir un peu.

Je me séchai à peine les cheveux et... n'entrepris finalement pas de me maquiller pour éviter mon image dans le miroir.

Je choisis à la volée quelques vêtements assortis et m'habillai. Ça faisait longtemps que je ne m'étais plus préparée sans la télé en bruit de fond. À vrai dire, je n'étais même pas sûre que ce soit déjà arrivé.

Je devais donc l'allumer !

Le petit bruit caractéristique de l'écran qui chauffe (du moins c'est ce que j'ai toujours cru) m'obligea à attendre un instant devant un écran noir.

Distinguant mon reflet sans vraiment le vouloir, j'eus l'impression que quelque chose était différent.

Je distinguais les vêtements que je portais !

Pas les guenilles de mon *moi-mort*, non, mes vrais vêtements, ceux que je portais. Je voulus m'approcher pour mieux voir, mais à cet instant, la télé s'alluma et le son trop fort me fit sursauter.

Je voulus confirmer mon impression mais, je ne pensai pas à éteindre la télé et me dirigeai immédiate-ment vers la salle de bain. Sans doute avec la buée de ma récente douche ne verrais-je rien, mais soit.

La buée avait déjà disparu. Mon cœur battait à tout rompre même si mon esprit ne s'attendait pas à un miracle. J'allongeai doucement la tête pour me voir.

J'aperçus mes cheveux d'ébène et mes yeux clairs. Je fis un pas en avant alors que mon cœur s'emballait et que les larmes mouillaient mes joues.

C'était moi ! Moi ! Pas *moi-mort*, moi ! Moi ! Moi !

C'était fantastique, je pouvais me voir ! Je me touchais sur le miroir comme si je pouvais atteindre mon reflet.

Sans attendre, les mains tremblantes, je saisis ma trousse de maquillage, il fallait que je vérifie. J'en renversai fébrilement le contenu dans l'évier... pas le temps pour la minutie. Je saisis un crayon au hasard. Chaque fois que je baissais les yeux, j'appréhendais de les relever, de peur que mon reflet n'ait à nouveau disparu pour faire place... à elle. Mais non, c'était moi, toujours moi ! Le maquillage que je posais restait visible... c'était un miracle ! À la fin, je m'amusai même à baisser les yeux ou à me retourner subitement puis fixer le miroir comme pour provoquer mes visions... rien... c'était toujours moi, moi et rien que moi !

J'explosai de joie dans la chambre en sautant sur place. Je retournai même plusieurs fois dans la salle de bain pour le confirmer, mais oui, c'était bien moi. Oh ! Mon Dieu ! Que j'étais heureuse ! Mon cauchemar venait enfin de s'achever, je me surpris à espérer qu'il ne reviendrait jamais.

— Je ne dormirai plus jamais, exultai-je à voix haute. C'est trop bon d'être soi !

J'attrapai mon sac d'école au vol sans même vérifier si j'avais tout ce qu'il fallait et descendis les escaliers en quelques bons. Je n'avais jamais été si heureuse d'aller aux cours.

Le trajet en bus me parut une éternité tellement j'étais impatiente de revoir June et de tout lui expliquer. Je ne voulais pas le faire par téléphone, c'était trop important.

Lorsque le bus s'arrêta devant l'école, j'étais déjà devant les portes, sautillant sur place, prête à bondir.

Ce que je fis d'ailleurs. Les autres élèves devaient me prendre pour une folle, mais je n'en avais cure, j'étais vivante !... Et enfin, normale à nouveau.

J'aperçus June assise à notre banc habituel, seule et l'air triste. Je courus vers elle et la serrai dans mes bras.

— C'est fini ! lui criai-je presque dans l'oreille.

— Qu'est-ce qui est fini ?

— Mes visions, toutes ces choses qui me sont arrivées, le tremblement de terre, Axelle, tout est fini !

— Mais de quoi tu parles ? insista-t-elle.

— Mes visions, mon *moi-mort* que je voyais dans le miroir, tout cela a disparu. C'est fantastique, je revis.

— Je suis heureuse de l'entendre, mais tu veux dire que le tremblement de terre... c'était toi ?

— Oui, enfin je crois, j'en suis presque sûre.

— Et la douleur d'Axelle aussi ?

— Je crois, oui, mais je n'étais pas moi-même, ne m'en veux pas, tu n'imagines pas par quoi je suis passée. Maintenant tout cela est fini. Et j'irai m'excuser auprès d'elle dès que je la verrai... même si je suis sûre qu'elle ne me croira pas et me prendra pour une folle.

— Ça, c'est sûr !

— Je sais que ça paraît dingue, mais je t'assure que je n'invente rien, mon père pourra te le dire, il a été témoin de certaines choses que je t'expliquerai.

— D'accord, mais juste une chose encore, avant que tu ne rentres dans le détail. Tu dis *hier* ?

— Oui, hier, avant que je quitte l'école en courant.

— Ma chérie, je ne veux pas te briser dans ton élan, même si je ne suis pas sûre de comprendre de quel élan il s'agit, mais nous sommes *vendredi*. Tu t'es enfuie il y a trois jours.

J'accusai le choc. C'était comme vendredi dernier quand je m'étais réveillée deux jours plus tard avec toutes ces horreurs.

— Mais c'est encore mieux ! Ça veut dire que c'est comme quand tout a commencé. Et donc, ça veut certainement dire que tout est réellement fini. Je ne sais toujours pas ce qui s'est passé, mais tant pis, je n'ai pas envie de le savoir. C'est fini et c'est le plus important. (Je sautais sur place en tournoyant, les autres élèves me détaillaient avec amusement.) D'ailleurs, je m'excuserai auprès de Marc aussi, il le mérite bien après tout ce que je lui ai dit et surtout comment je le lui ai dit.

— Euh, à ce propos, tenta de m'interrompre June, il faut que je te dise quelque chose... à propos de Marc. Il...

— Il est là ! Je vais le voir !

Je ne courus pas, je n'étais quand même plus une gamine, mais j'accélérai le pas malgré tout... je n'avais pas réagi à l'objection de June. À mi-chemin, je m'arrêtai net. Axelle venait d'arriver près de Marc et ils s'embrassaient... goulûment (beurk !)... pour se dire bonjour. J'étais surprise, ça c'est sûr, mais je restai étrangement calme.

— C'est ça que je voulais te dire, me dit June qui m'avait rejointe. Je suis désolée.

Je me retournai vers elle avec le sourire.

— Faut pas, c'est pas grave, lui rétorquai-je avec désinvolture avant de continuer mon chemin jusqu'à eux.

Le fait que je ne me mette pas dans une colère noire me fournit un signal de plus que tout était fini. La rage latente qui m'habitait ces derniers jours avait totalement disparu, je me sentais d'un calme absolu. Et j'en étais tellement soulagée que la nouvelle relation de Marc et Axelle me laissait indifférente. Lorsque Marc m'aperçut, il s'interposa entre Axelle et moi, un bras tendu dans ma direction pour m'arrêter.

— Relax, lui dis-je. Je ne suis pas là pour faire un esclandre. Je suis venue m'excuser. Je t'ai mal parlé ces derniers jours et toi, Axelle, je suis désolée de t'avoir fait mal.

Comme je l'imaginais, Axelle ne comprit rien et Marc me regarda d'un air suspicieux. Dans un sens, je venais de confirmer ses craintes à mon sujet et je ne savais pas comment il allait réagir. Mais de nouveau, peu m'importait, tout était fini... même ma relation avec lui.

— Vous n'aurez plus de problèmes avec moi. Soyez heureux !

Je retournai, légère, vers June, et la pris par le bras pour rejoindre notre banc. Elle ne comprit rien à mon attitude et j'allais devoir lui expliquer. Elle ne croirait sans doute pas tout, mais peu importe. Maintenant que tout était derrière moi, on finirait bien par oublier et reprendre une vie normale.

— ... et ce matin, plus rien, pouf, envolé !

— Comme ça, sans explication.

— Peu m'importe. Je ne veux pas d'explication tant que ça a définitivement disparu.

— Et qui te dit justement que c'est définitif ?

— Ah ! Ne commence pas, hein ! Je suis trop heureuse pour m'en soucier. D'ailleurs, viens. Je veux encore confirmer avant d'aller au cours.

— À propos, tu vas dire quoi à la DA ?

— Mince, je l'avais oubliée celle-là. C'est sûr qu'elle ne va pas me louper. Sauf que...

— Sauf que ?

— Sauf que comme ça fait deux jours que je ne suis pas venue, on peut supposer que l'école aura téléphoné à mon père et qu'il aura trouvé une excuse. En même temps, je ne sais pas ce qu'il a pu inventer. Tant pis, il faudra jouer finement et ne donner aucun détail compromettant.

— Essaie au moins d'avoir l'air un peu malade ou abattu, juste au cas où.

— Tu as raison. Viens, allons-y !

Nous nous hâtâmes vers les toilettes. Arrivées sur place, trois filles de troisième se repoudraient le nez. Si jeune et déjà en train de se maquiller à la truelle. C'est pitoyable !

— Dehors les morues ! (Dieu que c'est bon d'être en terminale !) J'ai dit *dehors* !

Sans trop se faire prier, elles quittèrent les lieux en râlant. Je passe ici sur les noms dont elles nous ont affublées.

Je me plaçai d'abord dos au miroir, face à June. J'avais déjà fait le test une bonne dizaine de fois à la maison, mais bon, une certaine appréhension persistait malgré tout.

D'un coup sec, je me retournai. Je fis même sursauter June.

J'étais bel et bien moi ! Pas de couleur livide, pas de cheveux hirsutes, pas de vêtements en lambeaux.

— Yes ! m'écriai-je le poing fermé faisant à nouveau sursauter June.

Je me retournai... et embrassai June comme quelques jours avant. Je ressentis exactement la même sensation, de forts picotements le long du dos et une chaleur intense. Je sentis tout d'abord June se crisper, puis se relâcher pour me rendre mon baiser.

— Je comprends mieux à présent pourquoi le changement de Marc ne t'a pas trop affecté. Depuis quand as-tu pris ta décision ? Tu aurais pu me tenir au courant.

— Je n'aurais pas pu, c'est là, maintenant, je veux dire, à l'instant. J'ai seulement l'impression que c'est ce que je devais faire.

Nous restions collées l'une à l'autre, comme si rien ne pouvait plus nous séparer.

— Me diras-tu ce qui s'est réellement passé pendant ces deux jours ?

— Rien, du moins, pas que je sache, je t'assure.

La porte des toilettes s'ouvrit en trombe. Les jeunes d'aujourd'hui ne savent plus rien faire délicatement… et oui, j'adore la mauvaise foi, surtout quand je suis euphorique.

June se recula d'un pas, visiblement très gênée. C'était bizarre comme les rôles s'étaient inversés. Il y avait quelques jours à peine, certains de ses propos, même pas des actes, me mettaient mal à l'aise et à cet instant, c'était elle qui était gênée.

À leur pose et à leur regard, il était évident que les filles avaient compris. Pendant qu'une retenait un rire nerveux, la seconde restait bouche bée.

— Qu'est-ce qu'y a les gamines ?! Vous voulez une photo ?

June me fusilla du regard. Elle était visiblement surprise de ma soudaine assurance. Je la regardai avec un sourire malicieux et hochai les épaules. Nous quittâmes les toilettes pour aller au cours… sans pour autant nous tenir la main. Peut-être était-ce malgré tout un peu tôt et nous ne savions pas si l'école aurait eu cette ouverture d'esprit.

Sur le trajet vers la classe, je lui parlai de la soirée de Marc.

— Nous sommes vendredi alors, c'est ça ?

— Oui.

— C'est la soirée de Marc, ce soir.

— Non ! Terrain glissant. Je ne crois pas que tu y sois toujours invitée.

— Pourquoi ?

— Il pense que tu as torturé Axelle ! Tu sais, sa nouvelle actuelle. Tu ne penses pas que ça peut peser dans la balance ?

— Si, bien sûr. Mais si on y arrive toutes les deux, je veux dire *ensemble*, il comprendra vite que je ne suis pas là pour foutre la merde.

— J'ai l'impression de m'entendre quand tu parles comme ça.

— Alors, c'est oui ?

Elle m'adressa un sourire en coin.

— Yes ! éclatai-je, en riant.

Vingt heures.

Je sortais de ma douche. June passerait me prendre d'ici une heure et demie. Juste assez de temps pour terminer de me préparer. Pas question pour moi de rééditer la bohémienne de début de semaine. Ce soir, je serais parfaite.

Nue, je me regardai encore une fois dans le miroir. Après ce que j'avais vu ces derniers jours, j'avoue que je me trouvais plutôt belle. Je me soulevais les seins pour en faire de belles pommes en lieu et place de mes poires habituelles, mon reflet suivait sans rechigner. Quel bonheur ! Alors que je n'aimais pas tellement mes seins, je m'en moquais à présent et les trouvais pas si mal que ça tout compte fait.

C'était peut-être la raison de ce cauchemar finalement, m'accepter pleinement comme j'étais. Alors qu'avant je trouvais les autres filles mieux que moi et ne voyais sur mon corps que des défauts, je détaillai à présent mes formes d'une tout autre manière.

Même mes fesses, mon pire cauchemar jusqu'ici (voici bien une expression qui ne sortirait plus jamais de ma bouche avec la même signification), me semblaient plus pommelées que jamais.

Mon double menton... envolé ! J'avais toujours eu l'impression d'en avoir un, même si June tentait encore de me convaincre... Là, plus rien !

Je me trouvai belle et j'allais l'assumer... en essayant malgré tout de ne pas devenir une de ces pétasses qui courent après les sportifs.

Bien que de ce côté-là, pas trop de soucis à se faire... Je souris pour la première fois de ma nouvelle orientation sexuelle.

— Je suis lesbienne ! m'écriai-je.

À cet instant, j'entendis la porte d'entrée se fermer. Papa était de retour. Oups ! J'espérai qu'il ne m'avait pas entendue. Emportée par ma bonne humeur, je faillis sortir nue de ma chambre... mais enfilai un peignoir en vitesse.

— 'jour 'pa.

— 'jour 'érie.

— Ah ! Ah ! Très drôle ! Tu vas bien ?

— Mais oui, et toi aussi apparemment.

— Parfaitement bien, tout a disparu.

— Tout a... (Il se pencha pour regarder le salon) disparu ? De quoi parles-tu ?

— Ben, de tout ce qui m'est arrivé.

— Et il t'est arrivé quoi ?

Je voyais sur son visage qu'il ne se moquait pas de moi et cela brisa ma bonne humeur d'un coup.

— Mon reflet dans le miroir, mon *moi-mort* dans le salon, le tremblement de terre, tout ça. Tu te souviens quand même.

Il ne répondit rien et se contenta de me regarder

d'un air dubitatif et amusé.

— C'est ça oui, dit-il en m'embrassant le front.

Je redescendis sur terre plus vite que je n'en avais décollé ce matin. Qu'était-il en train de se passer ? Mon père ne se souvenait de rien. Qu'est-ce que cela signifiait ? D'un coup, les choses n'étaient de nouveau plus normales... à moins que... Mais oui, bien sûr, c'était réellement un rêve... Mais alors pourquoi June se souvenait-elle du tremblement de terre et du mal que j'avais fait à Axelle, ce qui l'avait d'ailleurs poussée dans les bras de Marc ? Ça aurait dû disparaître aussi...

Devant mon silence, il reprit la parole.

— Amuse-toi bien chez Marc.

— Chez... Mais comment tu sais ? J'ai oublié de t'en parler.

— Bien sûr que non. Et, au fait, tu es magnifique.

— Magn... mais... comment ?

J'étais habillée !

Ça allait trop vite, quelque chose clochait. Les vêtements que j'avais prévu de porter... étaient déjà sur moi. J'étais pourtant sûre d'être descendue en peignoir. Je m'avançai jusqu'au miroir. J'étais maquillée !

Lorsque je me retournai, mon père me tendait déjà ma veste. Comment pouvait-il savoir quelle veste j'allais porter ? Et pourquoi me la tendait-il, il n'avait jamais fait cela ?

— Pourquoi tu... ?

— Parce que June arrive.

C'était totalement irréel. Comment pouvait-il savoir pour June ? À cet instant, le klaxon de la voiture des parents de June retentit dans la rue. Mon père ouvrit la porte.

Tout allait trop vite, beaucoup trop vite. Il manquait des morceaux de ma vie. Je croyais que tout était rentré dans l'ordre, mais je me trompais. À moins que ce ne soit le même phénomène que les deux fois précédentes. Des jours entiers s'étaient écoulés sans que je me souvienne de quoi que ce soit.

J'avais manifestement un problème et je devrais probablement envisager de me faire soigner. Mais étonnamment, je ne m'en souciais que peu. Par rapport au cauchemar précédent, j'avais l'impression de pouvoir vivre avec.

Et si c'était ce que je vivais à cet instant qui était un rêve. Étant donné que tout ce qui se passait ne suivait pas la moindre logique, c'était sans doute l'explication la plus plausible. Mais généralement, dans un rêve, on ne se demande pas si on rêve.

Puis soudain, l'image de ma mère s'imposa à mon esprit, ou plutôt l'image de sa dégénérescence intellectuelle, puis ... sa mort. Je reçus comme un choc en pleine poitrine et faillis perdre l'équilibre.

Était-ce cela ? Est-ce que je commençais à oublier des choses, comme ma mère avant moi ? Est-ce que j'allais oublier son nom, celui de mon père, celui de June, jusqu'à ne plus savoir qui ils étaient, jusqu'à oublier ma propre existence ? Allais-je mourir dans quelques années ... mois ... semaines ? Une larme coula le long de ma joue. Elle devait transporter une partie de mon mascara et je l'essuyai avant qu'elle ne tache mon chemisier.

Je regardais mon père. Il ne le supporterait pas, pas une seconde fois. J'hésitai à le lui dire et décidai finalement de garder cela pour moi... pour l'instant. Si je lui en parlais, il arrêterait de vivre pour chercher à nouveau un remède, et si je devais passer par là, il n'était pas question que je l'affronte seule.

Et si je mourais dans quelques semaines ? Alors, il fallait que j'en profite au mieux et cette soirée chez Marc tombait à pic. Je devais donc y aller malgré tout.

Car si tout ceci n'était de nouveau qu'un mauvais rêve, au moins me serais-je bien amusée pendant quelques instants.

Tant que je n'en étais pas certaine, je devais éviter d'y penser.

June entra, m'arrachant à mes pensées morbides. J'essayais de sourire le plus naturellement possible, mais ma larme sombre me trahit. Je lâchai donc n'importe quoi pour donner le change.

— Désolée. Juste un peu tendue pour la soirée.

June n'en crut pas un mot... à raison. Mais elle n'en dirait rien tant que je n'en parlerais pas moi-même.

— Salut, 'pa ! lançai-je pour écourter la situation.

— 'lut, 'érie !

— Bonne soirée, M. Delarivière.

— Toi aussi, June.

— Trop cool ton père, j'adore, exulta June en me poussant dehors.

En un rien de temps, nous arrivions chez Marc. Il organisait des soirées deux fois par an en général. Ses parents ne manquaient pas d'argent et ils avaient toujours accepté d'offrir ces soirées gratuitement comme il le demandait. Marc était populaire du fait de son argent, mais c'était également un chouette gars. Il n'était pas imbu de lui-même et traitait toujours les autres avec respect. C'était ce qui m'avait fait craquer chez lui. Mais aujourd'hui, avec tout ce qui m'était arrivé, j'avais tout foutu en l'air.

Bien que, en y repensant, je n'avais fait qu'avancer les choses. Nous n'étions plus si bien ensemble et nous

nous en rendions compte tous les deux. C'était sans doute pour cela qu'il était tombé si vite dans les bras de l'autre pét…

— Il a vu les choses en grand cette fois, remarqua June.

En effet ! Un grand nombre de décorations et de lumières ornaient la façade de la maison qui se dressait une cinquantaine de mètres après le portail d'entrée. Nous pouvions déjà entendre la musique et apercevoir le monde. Encore une fois, la *teuf de Marc* allait être d'enfer.

J'espérais de toutes mes forces que j'allais pouvoir m'amuser sans penser à tout ce qui venait de m'arriver et ce qui m'arriverait encore. C'était parfaitement utopique, je m'en rendais compte, mais bon, il était encore permis de rêver.

Est-ce que je me souviendrais de cette soirée ou allais-je encore me réveiller dans trois jours ? J'avais vu la maladie emporter ma mère lentement, sournoisement. Je ne savais pas si j'aurais la force d'endurer la même chose.

Mais pour l'heure, je voulais juste me changer les idées.

À quelques mètres de la maison, je pris la main de June. Pas question de faire semblant, autant mettre les choses au clair dès le début. June me regarda avec un léger sourire, elle était visiblement aussi fière que moi. Elle serra ma main un peu plus fortement.

Autant dire que le silence se fit sur notre passage.

Fidèle à son sens de l'hospitalité, Marc vint nous accueillir. Il fut très surpris également… logique !

— D'accord. Je comprends mieux certaines choses. Soyez les bienvenues, dit-il ensuite pour changer de sujet. Je me demandais si vous alliez venir.

— On n'était plus invitées ? lança June.

— Si, bien sûr, mais avec tout ce qui s'est passé et notre (il me regarda) *séparation*, j'en doutais. J'aurais voulu que ça se passe autrement, tout est allé un peu vite, je l'admets, et j'ai peut-être manqué de tact en ne te l'annonçant pas moi-même.

— Ne t'inquiète pas, le rassurai-je. J'ai autant d'erreurs que toi à mon actif, voire plus. Disons simplement que c'est mieux comme ça.

— Et par rapport à…

— Rassure-toi, je ne lui ferai pas de mal.

— Je suis content de l'entendre, souffla-t-il en me serrant dans ses bras. (J'avoue que je ne m'y attendais pas du tout, à celle-là.) Allez-y, faites comme chez vous, le bar est là-bas plus loin (nous le regardâmes de travers)… comme chaque fois… pardon. Bonne soirée.

— Toi aussi, lui dis-je à mon tour en souriant.

C'était en effet mieux comme ça. Se disputer n'aurait rien arrangé… mais qu'elle ne me cherche quand même pas, pensai-je immédiatement.

On était en terminale, la *der'*.

À part le bal de fin d'année, ce serait sans doute la dernière fête de cette ampleur. Et avec June, nous nous sommes retrouvées face à une terrible réalité. Nous nous étions toujours bien amusées dans ces soirées… avec Marc et ses copains. En fait, nous n'avions pas vraiment d'autres amis. Et là, une seconde évidence nous sauta aux yeux : ils n'étaient pas vraiment nos amis, mais plutôt ceux de Marc. En quittant son entourage, nous nous retrouvions toutes seules.

Axelle avait pris notre place et s'était visiblement rapidement adaptée ainsi que Marc et ses copains. Aucun d'eux ne faisait plus attention à nous. C'était à peine s'ils nous saluaient quand ils nous voyaient.

Nous balayâmes l'assemblée du regard. Il y avait bien quelques élèves qui nous regardaient ; ce n'était pas par amitié ou pour parler avec nous, mais simplement parce que June et moi étions là en tant que couple et, manifestement, cela en dérangeait plus d'un.

Il y a peu, à peine plus d'une semaine pour être honnête, j'en aurais été gênée, mais là, étrangement, j'en ris et lançai même quelques allusions visuelles vers ceux qui nous mâtaient un peu trop à mon goût. June ne se fit pas prier et en rajouta à l'occasion. Finalement, c'était plutôt jouissif.

Je me demandai malgré tout d'où ce changement radical de comportement pouvait venir. Certes j'avais subi un traumatisme en début de semaine, mais de là à me désinhiber totalement en quelques jours, c'était vraiment étrange.

Et plus encore, je venais de me rendre compte que j'allais sans doute mourir comme ma mère d'ici peu (même si cela pouvait se compter en mois ou années) et pourtant, visiblement aucun signe de dépression ne se manifestait. J'en parlerais à June... bientôt... sûrement. Je devrais le lui dire, elle méritait de savoir.

Bon, arrêtons de penser si tristement, il allait être temps de remettre Lucas à sa place, il nous mâtait un peu trop.

Lucas était un élève étrange. Relativement solitaire, il ne dérangeait jamais personne et personne ne l'ennuyait. Plus à cette époque en tout cas. Il avait prouvé à maintes reprises que, même s'il était solitaire, il n'était pas à mettre dans le même sac que les *geeks* de l'école. Il pouvait avoir la parole cinglante et quand les durs de l'école s'en étaient pris à lui, il avait fait un massacre. Personne ne le savait à l'époque, mais il pratiquait les arts martiaux depuis l'âge de quatre ans et participait à de nombreux combats. Pourtant, physiquement, il n'était pas ravagé ni abruti. Il avait de bonnes notes à l'école et se montrait souvent bien plus intelligent que la moyenne.

C'était sans doute pour cela que June avait prévu de sortir avec lui ce soir… si je ne m'étais pas imposée. La situation pouvait devenir amusante.

— June, c'est le moment d'attaquer si tu veux. Vu comme il nous mâte, c'est déjà gagné d'avance.

— Ne dis pas n'importe quoi. D'abord, rien n'est jamais gagné avec lui, il ne faut pas le sous-estimer, et ensuite, je suis en train de tester quelque chose.

— Tester ?

— Ben oui, c'est encore récent, donc il est difficile de savoir si c'est vraiment dans cette direction que nous voulons aller.

— Tu as des doutes ? lui demandai-je en m'approchant tout près d'elle, nos lèvres se touchant presque.

— Bien sûr, dit-elle sans se décontenancer. J'ai toujours été attirée par les garçons, tout ceci est nouveau, il serait absurde de penser que *ça y est*. Même si je dois admettre que jamais un baiser avec un garçon ne m'avait fait cet effet-là. Et d'ailleurs, je crois que… attends un peu… il commence à m'ennuyer à nous regarder comme ça avec son sourire pervers. Ça va ? lança-t-elle assez fort vers Lucas. Tu veux participer ?

Lucas s'approcha de nous en souriant. L'attaque de June ne l'avait manifestement pas déstabilisé. Je ne crois pas qu'il soit pervers, il n'en a ni l'allure ni la réputation. Mais c'est vrai qu'il nous mâtait correctement.

— Certainement pas. Les plans à trois, ce n'est pas mon truc, répondit-il avec un sourire en coin.

— Et c'est quoi ton truc ? lui lança June.

— Ça fait mal, hein ! nous lança-t-il à son tour.

Nous étions tellement bien parties sur quelque chose de pervers que nous avons mal interprété sa réflexion et notre réaction fut violente.

— Quoi ?! C'est quoi ton problème ?!

— Du calme June, je n'envisageais rien de sexuel, contrairement à vous. Je pensais seulement que ça devait faire mal de se retrouver toutes seules.

Je vous l'avais dit qu'il pouvait être cinglant, mais il me fit sourire. Pendant que June vociférait face à son calme habituel, je pris un instant pour l'observer. Je me rendis compte alors que je ne l'avais jamais vraiment bien regardé. Je comprenais mieux désormais ce que June lui trouvait et pourquoi elle avait eu envie de sortir avec lui. Avec tout le sport qu'il pratiquait, pas la peine d'imaginer son corps qu'il avait, sur ce point là, il avait déjà tout bon. Les traits de son visage étaient taillés au burin, lui donnant une certaine virilité et même de la maturité malgré son jeune âge, car finalement, il avait dix-sept ans comme nous.

Face à toutes ces pensées, je me rendis compte que mon penchant lesbien était encore trop récent pour effacer mes réflexes précédents.

— Et donc, ponctua Lucas, cela confirme que ça te fait quand même quelque chose de ne plus être entourée de plein d'amis, merci de me donner le bâton pour te battre.

— Espèce de…

— C'est bon, tu as gagné, intervins-je. C'est ce que nous pensions à l'instant et c'est vrai, ça fait mal quelque part.

— C'est déjà bien de l'admettre.

— Oui, mais est-ce bien de le faire remarquer ? Si

vraiment ça fait mal, à part retourner le couteau dans la plaie, tu espérais arriver à quoi ?

— Quand ça a fait bien mal, on profite mieux des petites choses de la vie et on finit par se raccrocher aux choses essentielles ou agréables. On oublie le futile (il balaya les élèves de la main) pour revenir à ce qui nous rend vraiment heureux. Alors dites-moi, qu'est-ce que vous êtes venues faire ici ? Pensez-vous y avoir votre place ?

— Non, pas plus que toi en fait, lui répondis-je. Comme tu es solitaire, je me demande ce qu'une soirée comme celle-ci peut bien t'apporter.

— Une conversation agréable, par exemple…

Il était craquant finalement. Alors que n'importe quel mec aurait fait une allusion à une femme quelconque ou au sexe, il se contentait d'une conversation. L'espace d'un instant, il parut presque parfait.

— … et puis, je suis un garçon comme les autres, quelques jolies filles représentent toujours un très agréable spectacle.

Je me disais aussi.

— Et je présume, continua June, que notre spectacle (elle passa délicatement son index sur mon sein gauche et laissa courir sa langue sur sa lèvre supérieure) te ravit.

— Ce serait mentir que de dire le contraire, répondit-il en restant toujours aussi stoïque.

— Je croyais que les plans à trois n'étaient pas ton style.

— En effet, et les lesbiennes non plus, mais il faut admettre que c'est un comportement perturbant et donc, par là, très intéressant. Mais excusez-moi d'être venu vous importuner. Je vous laisse à présent.

Et il partit, comme il était venu, nous laissant avec un vif sentiment de frustration.

— Un ovni, ce type est un ovni... et un ovni craquant, avoua June. S'il avait insisté, j'aurais peut-être même donné mon accord pour un plan à trois.

— Je dois admettre qu'il est perturbant. Mais toute cette discussion sur les tendances sexuelles et autres pratiques (je m'approchai de June pour me coller à elle) m'a totalement réveillée.

— Je suis assez d'accord avec toi...

Je sentais son souffle contre le mien et ses lèvres effleurer les miennes en même temps que l'excitation s'enflammait en moi, comme une faim irrépressible.

— On monte ? lui demandai-je aussitôt.

— Quoi ? Ici ?

— Oui, tu oublies que je connais la maison par cœur... et notamment où se trouve la chambre de Marc.

— Ce n'est pas une bonne idée. S'il décide de monter avec Axelle, on est mal.

— On fera un plan à quatre.

— Oh, garce !

— Je rigole. Ce sera la chambre de ses parents alors.

— Celle-là me plaît mieux. Allons-y !

Nos verres en main, nous nous faufilâmes au milieu des élèves de terminale jusqu'au grand escalier menant à l'étage. Marc et ses amis ne devaient pas nous voir, sinon notre hôte serait illico venu nous chercher... et il n'aurait certainement pas été d'accord pour se joindre à nous. L'idée me fit sourire. Nous dûmes attendre une minute qu'ils s'isolent dans la cuisine pour boire.

À mon *go*, June me suivit rapidement dans l'escalier sans faire de bruit. Comme si quelqu'un pouvait entendre nos pas par-dessus la musique assourdissante. J'imagine les sourires amusés ou les moues d'indignation de ceux qui nous avaient vues partir en douce.

La chambre des parents était immense. Le lit au carré comme s'il avait été fait par des militaires ne l'était pas moins. La femme d'ouvrage aurait du travail demain, c'est sûr.

Lorsque la porte se ferma et que l'obscurité se fit, une rangée de LED s'illumina automatiquement pour donner une ambiance chaleureuse. Nous nous regardâmes et pouffâmes de rire.

— Trop génial ! m'exclamai-je.

Mais déjà, June me jetait en arrière sur le lit.

— Tu as pris les devants pour l'idée... à mon tour pour la concrétisation, me lança-t-elle.

Je sentais mon cœur s'accélérer. Pas par crainte de l'inconnu, mais par une réelle et nouvelle excitation. La faim grandissait en moi et j'avais du mal à déterminer s'il s'agissait de mon désir ou d'une banale envie de manger, c'était très étrange comme sensation. Elle déboutonna mon chemisier, pas entièrement, juste de quoi libérer mon ventre pour l'embrasser tendrement. Plus elle descendait sur mon corps, plus ma respiration s'intensifiait. Elle s'attarda un instant autour de mon nombril, le contournant de sa langue. Je sentais un feu intense monter en moi, et toujours cette faim, qui me perturbait et m'ôtait une partie de mon plaisir.

J'avais pourtant déjà éprouvé ce sentiment, mais là, au plaisir se mêlait une faim grandissante.

Lorsqu'elle descendit mon pantalon, je revins à nous deux. Ses lèvres remontèrent le long de mes jambes, faisant grimper un peu plus ma température. Dans le même temps, ses mains parcouraient mon ventre, remontant doucement vers mes seins qu'elle effleura du bout des doigts. Lorsque je sentis ses lèvres effleurer mon sexe, je me cambrai en un profond souffle de contentement tandis que je prenais feu.

À cet instant, en plus du plaisir, une faim inexplicable m'envahit. Je ne comprenais plus ce qui se passait. Je redressai la tête d'un coup sec et vis la tête de June entre mes jambes. Cela aurait dû m'exciter plus encore, mais au lieu de cela, je vis la courbe de son dos qui me donna une envie irrésistible … de la mordre.

Je sentis la sueur suinter par chaque pore de ma peau. J'étais perdue entre l'excitation et la faim. Des flashes m'envahirent subitement où je me voyais en train… de la manger. De manière morbide, cela m'excita au plus haut point. Je n'aurais cependant su dire si cela venait de la langue de June voyageant autour de mon sexe ou de la satiété procurée par les images cannibales.

Mais j'étais trop perturbée, cela ne pouvait venir d'elle. D'ailleurs, elle le ressentit et se redressa subitement me questionnant. Je ne sus quoi répondre. Je n'avais jamais ressenti une telle faim, si importante… et si bizarre. J'avais envie de… la dévorer !

Je la repoussai d'un coup sec.

Elle me regarda, interloquée, ne sachant naturellement pas ce qu'il m'arrivait, mais je n'aurais pas pu lui expliquer. Je la regardai attristée et horrifiée, ne comprenant rien à ce qui se passait à cet instant. Chacune des veines de son corps se grisa sous sa peau. J'aurais dû trouver cela dégoûtant, mais au contraire, ma faim s'amplifia encore.

J'allais lui sauter dessus… pour la dévorer.

D'un bond, je me relevai et remontai mon pantalon. Elle me regarda, ahurie.

— Je… je ne sais pas… ce qu'il m'arrive, bégayai-je. Ce n'est pas normal.

Je courus vers la porte, plantant June sur place à moitié nue. Mais à mi-chemin, mon regard croisa le miroir... *elle* était de retour. Les cheveux hirsutes dans un sale état, le teint livide et des vêtements en lambeaux. Mon cœur accéléra ses battements, la peur m'envahit à nouveau.

Rien n'était fini !

Mon reflet mort se mit alors à sourire... un sourire sadique qui me fit froid dans le dos. Ses lèvres s'écartèrent pour sourire plus fort encore, de plus en plus. À bout de tension, elles se déchirèrent aux commissures, laissant couler un sang noir immonde. Toute sa mâchoire s'affaissa, comme si plus rien ne la retenait, déchirant ses joues jusqu'aux oreilles.

Les larmes me submergèrent d'horreur. Je détournai le regard et sortis de cet enfer, dévalant les marches pour me retrouver au plus vite au milieu de la foule et tenter de faire disparaître cette vision.

Les escaliers me parurent d'une longueur infinie et lorsqu'enfin j'arrivai en bas, j'aperçus directement Marc et Axelle. J'eus l'impression qu'elle me regardait avec un sourire alliant la moquerie et la satisfaction. Un rire perçant arriva à mes oreilles alors même qu'ils ne riaient pas. Je sentis à nouveau la rage monter en moi comme un volcan sur le point d'entrer en éruption, plus forte, plus puissante que toutes les autres fois. Une colère indescriptible m'animait désormais. La faim en moi se décupla comme un animal me dévorant de l'intérieur dans une douleur atroce.

Je devais faire disparaître cette faim à tout prix... et je devais effacer le sourire de la face de cette salope !

Je me mis à progresser vers elle, le regard dément et l'air bien décidé à en découdre. Elle m'aperçut et avertit immédiatement Marc qui s'interposa entre nous. Sans même lui adresser la parole, je le saisis par le col de la chemise et l'envoyai voler plusieurs mètres plus loin sans la moindre difficulté. Je ne prêtais même plus attention à l'incroyable force que je venais de déployer, restant focalisée sur ma proie. Il retomba lourdement sur le sol, groggy par le choc.

La faim irrésistible qui m'envahissait me vrilla plus encore l'estomac, me tordant presque de douleur. Immédiatement, mon attention se reporta sur Axelle, cette putain ! Toutes les veines de son corps m'apparurent noircies, décuplant ma faim à l'agonie.

Je l'attrapai sauvagement par le col et l'attirai à moi pour la mordre au cou. Elle tendit les bras pour tenter de me repousser, mais c'était vaine tentative. La force que je déployais à cet instant ne lui laissa aucune chance et la seconde qui suivit, mes dents s'enfoncèrent dans son cou. D'un coup sec, j'arrachai la chair, faisant gicler le sang par la carotide, arrosant les amis de Marc trop proches. De dégoût et de peur, ils reculèrent de plusieurs pas en criant comme des lâches qu'ils étaient !

Alors qu'Axelle pendouillait au bout de mes bras, je sentis la faim me quitter comme si on me libérait d'une intense douleur. Un infini moment de soulagement, plus intense que la prise de n'importe quelle drogue. Je me sentais vivante et euphorique.

La faim avait disparu… mais pas la colère !

Cette salope devait payer ce qu'elle m'avait fait. Elle était déjà morte, mais ce n'était pas assez. Je commençai à la frapper violemment, lui brisant successivement le nez, les pommettes et l'arcade sourcilière. J'entendais ses os craquer sous mes coups alors même que cela ne me causait aucune douleur et je trouvais cela jouissif. Rien ne semblait pouvoir m'arrêter.

Mais soudain, quelqu'un retint mon bras alors que

mon poing allait s'abattre une fois de plus sur le visage de cette traînée. Je tournai violemment la tête, c'était Lucas.

Je jetai négligemment, sans le moindre effort, le corps inerte d'Axelle à l'autre bout de la pièce. Elle tomba sur le sol comme une poupée désarticulée, sous le regard ahuri et horrifié des autres élèves.

— Ça suffit, dit Lucas d'un ton sec.

Sans une once d'hésitation, ne lui laissant même pas le temps de réagir, je lui bondis à la gorge pour le mordre sauvagement. Il eut un réflexe inouï, résultat d'années d'entraînement aux arts martiaux et parvint à éviter ma morsure, mais mes ongles s'enfoncèrent dans son dos à travers le t-shirt aussi facilement que dans du beurre. Il hurla de douleur et se cabra en arrière, ouvrant sa gorge à ma merci. Je mordis avec rage.

Son sang s'insinua dans ma gorge, chaud et doux, m'apaisant cette fois pour de bon. J'avais eu ma dose et mon corps se relâcha de lui-même.

Ce fut à ce moment que j'entendis les sirènes.

Je lâchai le corps de Lucas et le laissai tomber sur le sol.

Mon Dieu ! Qu'avais-je fait ?

Alors seulement, je me rendis compte de ce que je venais d'accomplir. Je marchais dans une marre de sang et j'en étais moi-même recouverte.

J'étais seule. Tous les élèves s'étaient enfuis. La maison semblait si calme après le carnage que j'avais perpétré. À mes pieds, le corps de Lucas terminait de se vider de son sang. Un peu plus loin, au bout d'une grande giclée bordeaux, le corps d'Axelle, déjà livide. Plus à gauche, Marc qui se relevait et constatait le massacre avec horreur avant de retomber assis les yeux emplis d'incompréhension.

L'instant d'après, la police entrait dans le salon, armes à la main, et hurlait les rituelles phrases qui m'obligèrent à rester immobile et à me coucher... faudrait savoir !

Je m'exécutai néanmoins tandis que les larmes me montaient aux yeux.

Qu'avais-je fait ?

Ce n'était pas un accident, pas quand cela atteint de pareilles proportions. J'avais massacré deux personnes en leur arrachant la chair avec les dents. J'étais un animal, il n'y avait pas d'autres termes. J'étais un animal.

Qu'ai-je fait ?

Des policiers me menottèrent pendant que d'autres aidaient Marc à se relever pour l'emmener à l'abri. Leurs genoux s'enfoncèrent douloureusement dans mon dos alors qu'ils serraient trop fort les cercles de métal. Ils me redressèrent sans ménagement, me déboîtant presque l'épaule.

J'entendis l'un d'eux transmettre à la radio : « Le suspect est maîtrisé. »

Le suspect est maîtrisé. Mais je n'étais qu'une adolescente, comment avais-je pu me retrouver *suspect.* Qu'est-ce qu'il m'arrivait ?

Soudain, un flash m'aveugla. J'imaginais d'abord un élève qui prenait des photos pour faire sensation sur son blog, mais l'instant d'après je vis trois puissants phares qui m'aveuglaient alors que ma vision était encore floue. Et au milieu des lumières, je vis un homme penché sur moi en blouse blanche.

— Papa ?

Mais l'homme ne répondit rien. Qui était-il ? Où

étais-je ? Est-ce que j'étais en train de me réveiller d'un affreux cauchemar ? Si seulement cela pouvait être vrai. Car ce qui m'arrivait ne pouvait pas l'être. C'était trop irréaliste. J'avais déclenché un tremblement de terre, torturé Axelle sans raison, repoussé Marc avec une force surhumaine et... atrocement massacré deux personnes dans un bain de sang. Irréaliste, c'était le seul mot qui me venait à l'esprit.

— Qui êtes-vous ?

Je crois que c'est ce que j'aurais voulu demander, mais je pense qu'aucun son n'est sorti de ma bouche. J'avais l'impression que toutes mes forces m'avaient abandonnée. Où étaient les deux policiers qui m'emmenaient ? Je n'y comprenais rien. Où étais-je ? J'essayai bien de bouger, mais mon corps me semblait si lourd... et j'avais mal, chaque muscle me faisait souffrir. Les larmes me submergèrent... enfin, je crois.

L'homme penché sur moi était flou, je n'arrivais pas à distinguer qui il était. Vu sa posture, je pense qu'il me faisait une piqûre ou un truc dans le genre. Qu'est-ce qu'il m'arrivait ?

Soudain, un nouveau flash et je me retrouvais à nouveau menottée entre les deux policiers, les étudiants parlant à tue-tête autour de moi en me regardant d'un air accusateur, dégoûté ou simplement surpris. Je me rendis compte, en reprenant mes esprits, que mes pieds nus traînaient par terre, la peau des orteils arrachée par le frottement. Je pleurais abondamment, la tête rejetée en arrière.

Les mains des policiers me serraient trop fort, ils me faisaient mal, mais je ne pouvais rien y faire, ils ne relâcheraient sans doute pas leur étreinte, et quand bien même, je n'avais même plus la force de me plaindre. Je supportai donc cela jusqu'à ce qu'ils me jettent à l'arrière de leur voiture.

Et heureusement pour moi, je ne dus pas attendre longtemps. La porte claqua sèchement, provoquant un vif lancement dans ma tête.

Je regardai dehors.

Les premiers policiers délimitaient le périmètre à l'aide de leurs banderoles jaunes et noires, et repoussaient les curieux. La stupeur des étudiants présents à la fête avait fait place à des commentaires volubiles, et certains me pointaient du doigt.

Je me sentis soudain si seule. La voiture était trop silencieuse, je n'entendais que le bruit étouffé des policiers qui criaient leurs ordres aux badauds.

Je cherchai June du regard, mais ne la trouvai nulle part. Pour ne plus subir les regards accusateurs, je tournai la tête vers l'intérieur de la voiture, sur moi-même.

Qu'est-ce qu'il m'arrivait ?

Lucrèce écrivait…

Ah non, ce n'est pas possible ! criai-je en mon fors intérieur. Ne me laisserez-vous donc jamais tranquille ? Qui êtes-vous ? Pourquoi me torturez-vous ainsi ? Est-ce vous qui avez mis toute cette rage et cette démence en moi, m'obligeant à commettre toutes ces horreurs ?… Et puis qu'importe, ajoutai-je finalement dépitée. Que puis-je faire pour lutter contre vous ? Que puis-je faire contre une voix dans ma tête ? Allez-y, faites ce que vous voulez de moi, je vous écoute.

Lors donc qu'un homme se lamente sur lui-même à la pensée de son sort mortel qui fera pourrir son corps abandonné, ou le livrera aux flammes, ou le donnera en pâture aux bêtes sauvages, tu peux dire que sa voix sonne faux, qu'une crainte secrète tourmente son cœur, bien qu'il affecte de ne pas croire qu'aucun sentiment puisse résister en lui à la mort. Cet homme, à mon avis, ne tient pas ses promesses et cache ses principes ; ce n'est pas de tout son être qu'il s'arrache à la vie ; à son insu peut-être il suppose que quelque chose de lui doit survivre. Tout vivant en effet qui se représente son corps déchiré après la mort par les oiseaux de proie et les bêtes sauvages se prend en pitié ; car il ne parvient pas à se distinguer de cet objet, le cadavre, et croyant que ce corps étendu, c'est lui-même, il lui prête encore, debout à ses côtés, la sensibilité de la vie. Alors il s'indigne d'avoir été créé mortel, il ne voit pas que dans la mort véritable il n'y aura plus d'autre lui-même demeuré vivant pour pleurer sa fin et, resté debout, gémir de voir sa dépouille devenue la proie des bêtes et des flammes.

Mon père avait quand même de drôles de lectures… car je pense toujours qu'il s'agit de sa voix, même si je n'explique pas pourquoi je l'entends dans ma tête. Et quel était le but de ces extraits de grands philosophes ? Devais-je y voir là un message ? Étais-je censée y comprendre quelque chose ? Car en réalité, je n'y comprenais pas grand-chose. Trop haut pour mon pauvre petit cerveau… et encore plus pour le moment, où tout se chamboulait dans ma tête. Mes idées étaient incohérentes et dans ce brouhaha neuronal, je me devais de faire le tri sous peine de perdre complètement la tête.

Ou alors devais-je focaliser mon attention sur autre chose afin d'oublier un peu toutes mes pensées noires. Je décidai de fixer les mains du policier qui conduisait la voiture en direction du commissariat. Comme tout bon policier qui se respecte, il suivait à la lettre les leçons de conduite qu'il avait reçues durant sa formation, les mains placées parfaitement à dix heures dix. Le va-et-vient des mains tournant constamment le volant de gauche à droite en de légers mouvements finit par me bercer. Pour peu, j'aurais pu m'endormir... ce que je fis d'ailleurs.

Je me réveillais doucement, arrivant à grand-peine à ouvrir les yeux. J'avais mal partout et ce cauchemar... quelle horreur !

Mais lorsque mes yeux furent ouverts et que je détaillai la cellule où j'étais enfermée, je découvris avec effroi que ce n'était pas un rêve. Mes vêtements et mes mains encore couvertes de sang finirent de le confirmer.

Les larmes me submergèrent tel un raz-de-marée, mon cœur se serra et un nœud douloureux tordit mon ventre.

— Aidez-moi ! dis-je d'abord à voix trop basse avant de monter le ton. Je vous en prie, aidez-moi ! Que se passe-t-il ?

Mais seul le silence me répond.

Qu'avais-je fait ? Mon Dieu ! Alors c'était vrai, j'avais réellement tué Axelle et Lucas ! Comment ? C'était impossible ! Je n'étais pas capable d'une telle barbarie.

Je fondis en sanglots en regardant mes mains. J'allais me réveiller... pour de bon cette fois. Ce ne pouvait être qu'un rêve, rien de tout ceci ne pouvait être vrai.

Je me levai et titubai vers les barreaux. Ils étaient d'une froideur glaciale. Dans le couloir qui menait à la porte donnant vers les bureaux, il n'y avait personne. La décoration était inexistante et les peintures ternes. Tout était fait pour qu'on se sente mal à l'aise.

— Eh ! Oh ! Il y a quelqu'un ? articulai-je entre deux sanglots. Aidez-moi, je vous en prie.

Mais le silence persista et après un certain temps, je me résignai à retourner m'asseoir sur l'unique banc de la

cellule. Comment avais-je fait pour dormir là-dessus ?
Je devais réellement tomber de fatigue.

Tout mon monde s'effondrait autour de moi. Je
voyais des choses impossibles telles des morts, je
pouvais provoquer des tremblements de terre, torturer
et tuer sauvagement, le tout en éprouvant du plaisir à
le faire. Et tout cela m'arrivait en une semaine à peine.
Je ne savais pas ce qui provoquait ça en moi. Qu'allait
penser mon père ? Accepterait-il encore de me parler
ou même de me voir ? Il ne s'en remettrait pas, c'était
une certitude. Après la mort de maman, il ne tenait déjà
plus que comme un funambule, mais cette fois, le poids
que je lui ajoutais dans les mains par ma conduite
incohérente allait le faire basculer dans le vide, c'était
une certitude. Mieux valait pour lui... quoi ? Mieux
valait quoi ?! Qu'il ne me vît pas ? (Je me fâchais contre
moi-même.) C'était impossible, réfléchis ! Il viendra voir
ce qu'il m'est arrivé, c'était obligé !... Et s'il ne le faisait
pas. S'il m'abandonnait ici, seule, face à mes bourreaux.
Non, il ne pouvait pas faire ça. Il devait être là auprès
de moi (je descendais d'un ton) sinon je deviendrais
folle.

Soudain, j'entendis le bruit métallique d'une serrure.
Je n'osais pas me lever. J'étais bien sûr impatiente de
voir mon père et qu'ils viennent me délivrer, mais d'un
autre côté, j'avais tellement honte de me retrouver ici.

June sortit de l'ombre pour se présenter hésitante
devant les barreaux. Elle dégageait une telle tristesse,
mon cœur se fendit en mille. J'hésitai un instant, mais
finis par me lever pour la rejoindre. Alors que je
m'approchais, un policier fit reculer June à bonne
distance des barreaux. Elle n'opposa aucune résistance,
mais sa tristesse augmenta encore et elle fondit en
larmes. À voir son état, elle avait certainement pleuré

toute la nuit.

Je ne savais pas quoi lui dire, mon cœur était déchiré trop profondément et je me mis à pleurer avec elle.

— Qu'est-ce que tu as fait ?

La tristesse avec laquelle elle prononça cette phrase finit de me saigner.

— Aide-moi, je t'en prie, sanglotai-je.

— Qu'est-ce que tu as fait ?

— Je ne sais pas, je n'y comprends rien. Ça ne peut pas être moi, tu me connais, tu le sais bien. (Elle garda le silence.) Je t'en supplie, il faut que tu me croies, ce n'est pas moi, ça ne peut pas être moi.

— Tout le monde t'a vue ! hurla-t-elle en tendant le bras dans la direction imaginaire du lieu du massacre.

Puis résignée, elle ajouta :

— *Je* t'ai vue.

— Je sais. Je te dis que je n'y comprends rien. Je ne comprends rien aux sept derniers jours. Tout ce que j'ai vu, tout ce que j'ai fait. Qu'est-ce qu'il m'arrive ? (Elle se contenta de signer non de la tête.) Ne me laisse pas, la suppliai-je alors qu'elle s'apprêtait déjà à partir. Je t'en supplie, ne m'abandonne pas.

Mais elle resta sourde à mes appels. Elle avait compris, je pense, qu'elle ne me reverrait jamais, si ce n'était à la télévision ou dans les journaux. Je l'avais fait douter de moi par mon comportement de ces derniers jours, et même si je ne pouvais rien y faire, je la compris très bien. Elle devait me prendre pour une folle. Sans doute aurais-je réagi comme elle, avec tristesse et résignation. Mes jambes n'eurent plus la force de me porter et je m'affalai le long des barreaux en pleurant tout ce que mon corps pouvait.

Je me retrouvais seule.

Il ne restait plus que mon père, mais même lui…

La porte s'ouvrit à nouveau, je me redressai... mon père entra à son tour. Il était pressé de me voir et de savoir ce qu'il m'était arrivé. Il courut presque vers moi et me saisit les mains, mais très vite, le policier lui ordonna de reculer *pour sa propre sécurité*.

— Ma sécurité ? objecta mon père. Mais c'est ma fille.

— Monsieur, s'il vous plaît, répondit simplement l'agent sans s'énerver.

Mon père obéit.

À sa vue, je me remis à pleurer en constatant que cela lui avait fendu le cœur. Mais lorsqu'il recula et aperçut tout le sang sur mes vêtements, son visage changea, il venait de passer de la tristesse à la frayeur.

— Mon Dieu, tu vas bien ? Tu n'es pas blessée ? me demanda-t-il, paniqué, en avançant instinctivement d'un pas.

Le policier l'arrêta sans rien dire en le retenant par le bras.

— Non, je ne suis pas blessée, ce n'est pas mon sang. Papa, ajoutai-je alors que le sanglot me gagnait à nouveau, c'est... c'est moi qui ai fait ça.

— Comment ça ?

— C'est moi qui les ai tués, je ne sais pas ce qu'il m'arrive.

— Mais de quoi parles-tu ? (Il se tourna vers le policier.) De quoi parle-t-elle ?

Mais le policier ne répondit pas, suivant par là à la lettre son manuel lui ordonnant de ne faire aucun commentaire sur une affaire en cours.

— Ma chérie, explique-moi, je n'y comprends rien et la police est restée très vague.

— J'ai tué deux personnes, lui répondis-je.

— Tu as... mais c'est impossible ! Tu es incapable de

ça. Ce ne peut pas être toi, je refuse de le croire !

— Pourtant, c'est moi. Mais je te promets que je ne sais pas ce qu'il m'arrive. Et je crois que c'est lié à tout ce qui se passe depuis une semaine.

— Quoi ? Je… attends. (Il se tourna vers le policier.) Puis-je rester un instant seul avec ma fille ?

— Non monsieur, c'est impossible.

— Je prends seul la responsabilité de ce qui pourrait m'arriver.

— Désolé monsieur, c'est impossible.

— Oui, vous l'avez déjà dit. Merci pour votre aide et la richesse de votre vocabulaire, dit mon père avec sarcasme. Écoute ma chérie, ne dis plus rien et ne réponds à aucune question tant que je ne te l'ai pas dit ou que Geoffroi ne sera pas venu te voir.

— Geoffroi ?

C'est là que je me rendis réellement compte de ma situation. Si jusqu'ici cela me paraissait encore très abstrait, à présent, cela prenait forme.

— Oui, avoir un ami avocat doit bien nous servir un jour, même si j'aurais préféré d'autres circonstances. Quoi qu'il en soit, je suis sûr qu'il y a une explication à tout cela, tenta-t-il pour me rassurer.

— Une explication ? Que veux-tu y trouver comme explication ? Je vois des morts, je provoque…

— Tais-toi ! m'interrompit-il en jetant un coup d'œil au policier. Tu en dis trop.

— Papa, sois un peu réaliste. Qu'est-ce qui pourrait être plus grave que d'avoir tué deux personnes en les déchirant devant des dizaines de témoins ? Quelle que soit l'explication, elle ne me sortira pas de là (je regardai les barreaux de ma prison). En plus, je suis quasiment majeure et donc, je vais prendre perpète. (Les larmes m'envahirent à nouveau.) Je ne verrai plus personne si ce n'est à travers un plexi et je vais côtoyer la...

— Arrête, m'interrompit-il, les larmes aux yeux. Je vais parler avec Geoffroi et nous allons tout faire pour t'épargner cela. C'est un excellent avocat. Je sais que ce n'est pas facile, mais essaie de ne pas perdre espoir.

— D'accord, répondis-je sans la moindre conviction.

Je voyais dans ses yeux qu'il essayait de paraître le plus optimiste possible, mais qu'au fond, il savait que tout était perdu. Rien ne pourrait me sortir de là, ce que j'avais fait était trop énorme.

— Monsieur, intervint le policier. Il est temps.

— Oui. Dans combien de temps allez-vous la transférer ?

— Demain matin.

— Déjà !

— Je suis désolé, c'est la procédure.

— Évidemment. (Il se retourna vers moi.) Tiens bon, je ne laisserai pas passer un jour sans venir te voir où que tu sois.

— Merci.

— Je t'aime.

— ...

Je n'étais même pas arrivée à lui répondre. Bien sûr que je l'aimais aussi, mais je n'étais pas parvenue à le lui dire. Lorsque la porte se referma, je fus envahie par la solitude qui, mêlée à la tristesse, me fit m'effondrer sur moi-même.

À genoux dans la cellule, agrippée aux barreaux, je fondis irrémédiablement en sanglots. J'arrivais à peine à respirer. Je crois que me je suis couchée là, à même le sol froid, tenant fermement les barreaux, et que je me suis endormie.

Je crois...

Au matin, deux femmes en uniforme entrèrent dans ma cellule et me relevèrent avec le minimum nécessaire de douceur. Je ne repris mes esprits que lorsque nous arrivâmes dans les vestiaires. Sur un des bancs, une caisse ouverte attendait avec l'inscription « Preuves ». À côté une petite pile de vêtements gris impersonnels. Je compris ce qui allait se passer.

Lorsqu'elles me déshabillèrent, je restai amorphe, me laissant faire sans réagir. Je n'étais plus là, seul mon corps restait. C'était ce que j'essayais de faire en tout cas, mais cela ne fonctionnait visiblement que dans les films. Quand on est dans une telle situation, on y reste un point c'est tout.

Étrangement, ma nudité devant ces *agentes* me mit mal à l'aise et je me cachai les seins et le sexe en les regardant timidement. Elles montrèrent énormément de respect et ne me jugèrent pas, pas même du regard.

L'eau était bien chaude, je pouvais voir la vapeur qui s'en échappait lorsqu'elle s'éclatait sur le sol. J'en avais besoin. Le sang avait percé mes vêtements et me collait sur tout le torse, la bouche et le cou.

Mon Dieu, j'étais devenue un monstre.

La culpabilité enflammait la moindre de mes terminaisons nerveuses et pourtant, j'éprouvais un vif soulagement, presque chaleureux, à l'idée que ma faim avait disparu. J'espérais ne plus jamais ressentir une pareille voracité, car plus qu'une faim normale, elle ne tiraillait pas que mon ventre, mais tout mon être, chacune de ses parties si petites fussent-elles. Je n'osais même pas imaginer la volonté qu'il faudrait pour contrer une telle sensation. Autant que de la torture, l'esprit finirait par lâcher, cédant à la folie.

L'eau me réconforta en même temps qu'elle effaçait

le sang dont j'étais recouverte. Je n'aurais jamais imaginé que le savon puisse être aussi agréable au toucher. J'eus un instant la folie de penser qu'il pourrait même laver tout ce qui m'était arrivé, ou du moins me le faire oublier. Si je devais être condamnée, je ne voulais pas me souvenir de cette nuit, car j'en ferais plus que certainement des cauchemars. Mais très vite, je revins à la réalité lorsqu'une des deux policières m'ordonna de terminer en accrochant une serviette de bain au clou.

Du moins si on peut l'appeler de la sorte. Du papier de verre aurait été aussi efficace, et pourtant, j'aimais l'avoir sur mes épaules. Dans certaines circonstances, des choses qui paraitraient effroyables semblaient agréables au moment où on les vivait. Et il valait mieux, car à l'avenir, ce sont sans doute les seuls souvenirs qui me réconforteront encore.

Le pire était-il à venir ?... Je le craignais, en effet.

Quelques minutes plus tard, habillée, mes vêtements souillés jetés dans la caisse de preuves fermée à l'adhésif rouge, je fus accompagnée, menottée, vers un combi blindé.

Un combi blindé !

J'étais devenue une *dangereuse criminelle*.

Personne n'était là. Ni mon père, ni June. Les deux seules personnes pour qui je comptais un tant soit peu. Ma vie était pitoyable ! Et en quelque sorte, elle se terminait ici.

Les deux policières me remirent aux mains de deux de leurs collègues. Deux armoires à glace avec des bras deux fois gros comme mes cuisses et le regard lubrique. Un peu plus et j'aurais pu voir la bave leur couler aux commissures des lèvres. À cette idée, je sentis immédiatement la colère revenir en moi, la même qu'hier soir qui m'avait fait commettre l'irréparable... mais je devais la rejeter ! J'inspirai un grand coup et m'assis où ils me l'ordonnèrent. Une chaîne d'une cinquantaine de centimètres reliée au plancher du fourgon fut accrochée à mes menottes. Il n'était vraiment pas question que je m'enfuie.

Les deux molosses montèrent à l'arrière avec moi et l'un d'eux frappa deux fois sur la paroi nous séparant du conducteur. Le moteur démarra peu après, faisant vibrer le combi dans un bruit de tôle, puis le véhicule se mit en route.

Je détestais le regard des deux policiers. Ils me regardaient de haut en bas, s'attardant sur les formes de mes fesses et cherchant dans le t-shirt le dessin de ma poitrine. Ils me dégoûtaient, sales pervers ! Je sentais toujours la colère monter en moi, mais je devais la contrôler. Bientôt, ces deux abrutis ne seraient qu'un mauvais souvenir. Je décidai dès lors d'essayer de les ignorer et baissai la tête pour regarder mes mains... et les menottes.

Dieu qu'elles étaient froides et douloureuses. Mais ce n'était rien, rien en comparaison de la honte qu'elles infligeaient. Je me perdis rapidement dans mes pensées, me réfugiant aussi loin que possible des deux vicieux et je n'en sortis que lorsque le camion s'arrêta.

M'étais-je perdue si longtemps dans ma rêverie ? J'avais pourtant l'impression que cela ne faisait que quelques minutes que nous étions partis. Je redressai la tête, les deux gardes me regardaient en souriant, l'air nerveux. Que se passait-il ?

Soudain, les doubles portes du fourgon s'ouvrirent sur une immense forêt et un chemin de terre. Que faisait-on ici ? Était-ce déjà la prison ? Deux autres policiers apparurent dans la lumière, sans doute le chauffeur et celui qui était assis avec lui. Mais loin des anges que j'aurais pu espérer, ils affichaient un sourire béat.

— On est tranquille, dit l'un d'eux avec visiblement beaucoup de satisfaction.

C'est là que je compris, lorsque les deux gardes se levèrent en me regardant presque en salivant. La peur m'envahit comme le souffle d'une explosion, faisant battre mon cœur à m'éclater les côtes. Je reculai sur le banc pour m'éloigner inutilement des gardes. Ils me paraissaient plus costauds encore qu'au commissariat. Je tirai sur les menottes, sentant douloureusement le métal me couper la chair et m'entailler les os. Puis, le métal me sembla glissant, sans doute à cause du sang qui s'écoulait. Mais je ne ressentais aucune douleur, la peur était bien plus forte alors que les deux molosses s'avançaient vers moi. Entre les deux, j'aperçus les deux chauffeurs qui grimpaient à leur tour. Je n'arrivais même pas à parler pour les supplier, sans doute en vain, de me laisser, je me contentais de pleurer et de tirer sans résultat sur mes menottes.

— Moins tu bougeras, plus vite ce sera terminé et moins douloureux ce sera pour toi, dit l'un.

À ce moment, j'aurais juré que ce gros porc bavait réellement. Alors que la peur se transformait lentement pour laisser s'exprimer la colère contenue depuis mon départ, ces deux fils de pute me bloquèrent dans un coin et l'un d'eux m'attrapa par le bras. Sa force était telle qu'il me souleva sans problème et me retourna. D'un coup sec, il arracha mon pantalon et ma culotte, offrant mes fesses à leurs plus bas instincts. J'entendis le cliquetis des clés et le deuxième policier tendit les bras pour m'enlever les menottes.

— Eh, les gars, laissez-nous-en un peu ! cria un

chauffeur.

— La dernière fois, c'est vous qui avez commencé, alors cette fois, c'est notre tour. La ferme et vérifie que personne ne vient !

— T'inquiète, je connais le coin, on est tranquille. Mais dépêche-toi, on ne sait jamais.

— Ouais, ça ira vite, elle ne se débat même pas.

Lorsque les menottes tombèrent par terre, le policier leva les yeux vers moi et je vis son visage changer. Alors que les policiers gloussaient de leur future victoire, une vive assurance m'avait gagnée. La colère s'était décuplée et la faim m'avait de nouveau envahie... mais cette fois, j'avais décidé de les accueillir à bras ouverts. Dans le cou du policier, je vis ses veines noircir et je me rappelai avec quelle facilité... et avec quel plaisir... j'avais tué l'autre salope et Lucas.

D'un violent coup de talon bien placé, je mis rapidement à genoux le balaise qui me tenait. L'instant d'après, je me laissai tomber sur celui qui m'avait enlevé les menottes et le mordis violemment au cou. Je sentis mes dents s'enfoncer comme dans un fruit trop mûr et le sang chaud s'engouffra dans ma gorge. Un vif sentiment de bien-être m'envahit, soulageant instantanément ma faim... mais pas ma colère ! Arrachant la chair d'un coup sec, le sang gicla dans le fourgon. Les deux chauffeurs n'avaient pas encore eu le temps de réagir.

Je me retournai d'un bond, toisant les trois hommes. Sans perdre de vue ces trois salauds, je retirai mes chaussures et bondis sur l'émasculé pour le mordre au cou. Il se débattait et ses mains serraient mes bras pour m'écarter. Il aurait pu me briser les os, mais paradoxalement, il ne fut pas assez fort pour me faire lâcher prise. Quelques secondes plus tard, il perdait de l'énergie alors que le sang giclait en rythme de sa gorge.

Les deux chauffeurs avaient sorti leur arme et la pointaient en tremblant vers moi. D'un coup de pied, j'envoyai valser le policier que je venais de castrer sur eux. Emportés par la masse, ils tombèrent du camion et s'écrasèrent lourdement sur le sol. Tandis que le plus chétif, coincé sous le molosse inerte, se débattait en vain, je libérai toute ma colère et bondis sur le deuxième homme, retombant les deux pieds en avant sur sa poitrine. Poussant d'un coup sec au moment du contact, je sentis ses os se briser et mes pieds s'enfoncer sans difficulté. Le sang gicla par sa bouche avant même que sa tête ne retombe inerte sur le sol.

L'autre chauffeur se débattait toujours avec son poids mort. Je m'approchai lentement. Lorsqu'il m'aperçut, il cessa toute résistance et ses yeux se firent suppliants. Il débobina un nombre impressionnant d'excuses en très peu de temps, juste avant que mon pied ne s'écrase sur sa face de fils de pute.

Ensuite, je ne suis plus très sûre. Je crois que je me suis assise sur le marchepied du combi et ce n'est que lorsque la colère m'eut quittée que je repris mes esprits.

Qu'avais-je fait ?

Je venais à nouveau de tuer... et quel bonheur cela avait été ! Je n'éprouvais aucun remords. J'étais consciente que c'était de la légitime défense, mais quand même. Je les avais massacrés avec une violence hors norme, une vulgarité qui n'était pas mienne, et pourtant j'en éprouvais une vive satisfaction... et une furieuse envie de recommencer.

Je compris à cet instant que la faim que je ressentais n'avait rien à voir avec de la nourriture. C'était une faim de sang et de violence. La colère n'était que l'expression de ma sauvagerie. J'aurais dû en avoir peur et m'effondrer de honte ou de peur, mais non, au lieu de cela, je ne pensais qu'à une chose, recommencer, encore... et encore...

La voix de mon père, bien que je n'aie pas pu confirmer que c'était bien lui, retentit alors dans ma tête. Mais cette fois, j'accueillis ce nouveau discours philosophique sur la mort avec le sourire. Cette voix allait-elle m'accompagner le reste de ma vie ? Une vie que je voyais à cet instant bien différente de ce que j'avais imaginé avec June, il y a une semaine à peine.

Je souris donc en écoutant la voix.

Et si notre âme ne mourait pas et que, par hasard, elle restait accrochée à notre corps qui pourtant ne serait plus entretenu par notre cerveau et par conséquent mourrait. Que se passerait-il ? Voudrions-nous que ce soit le cas si cela pouvait l'être ? Platon disait : « Il semble que la mort est un raccourci qui nous mène au but, puisque tant que nous aurons le corps associé à la raison dans notre recherche et que notre âme sera contaminée par un tel mal, nous n'atteindrons jamais ce que nous désirons et nous disons que l'objet de nos désirs, c'est la vérité. » *Dès lors, n'est-il pas mieux de mourir que de chercher à tout prix à vivre ?* (La voix changea subitement pour se faire violente et implorante.) *NON ! Je refuse de l'admettre.*

Elle s'arrêta net.

Je regardai autour de moi, c'était le silence. Les

cadavres gisaient à même le sol, immobiles, punis à jamais.

Soudain, un spasme violent me broya le cœur, m'envoyant heurter la paroi du fourgon qui se mit à balancer dangereusement, à la limite de se renverser tant le choc avait été intense. J'avais été projetée avec une telle force que j'en étais groggy. Je me redressai péniblement. Je ne ressentais aucune douleur, mais la surprise avait fait mal. Je tentai encore de me relever lorsqu'un deuxième choc me secoua, plus violemment encore, et me projeta vers l'autre paroi du fourgon. Cette fois, le combi se renversa sur le côté dans un bruit de métal froissé. Je regardai tout autour de moi. Qui pouvait bien me frapper avec une telle violence sans que je ne le voie ? Et pourquoi ne ressentis-je aucune douleur ?

— Qui es-tu ? Montre-toi et bats-toi ! dis-je en toussant un peu de sang.

Il y a une semaine, je me serais effondrée en pleurant de peur et ici, j'incitais la personne à m'affronter.

Personne ne répondit.

Soudain, un flash m'aveugla.

Je me retrouvai devant mon école. J'ai d'abord cru à un nouveau rêve, mais ensuite, je me rendis compte que j'étais toujours avec mon t-shirt de prisonnière couvert de sang et sans pantalon ni culotte. Heureusement que le t-shirt était assez long. Finalement, le plus gênant était d'être pieds nus.

Qu'est-ce que je faisais ici devant mon école ? L'endroit était désert, pas âme qui vive. On aurait même dit que toute l'école était abandonnée depuis longtemps à en juger par la végétation qui grimpait sur les bancs et le long des murs.

C'est étrange comme le silence peut se révéler oppressant. Comment un même sentiment peut-il être à la fois réconfortant et oppressant ? Mais ce n'était sans doute pas le genre de question qu'il était bon de se poser pour l'instant... surtout que je ne savais absolument pas ce que je faisais ici.

Je décidai d'entrer dans l'école. Si on m'avait emmenée ici – et d'ailleurs qui peut bien être ce *on* ? –, ce devait être pour que j'y entre.

Le bruit de mes pas résonnait dans les couloirs vides, c'était vraiment inquiétant. Soudain, un jeune garçon sortit d'une des classes, il marchait très lentement jusqu'à s'arrêter au milieu du couloir sombre. Sa silhouette se dessinait sur les raies de lumière venant des autres couloirs et qui zébraient notre allée.

Je ne le connaissais pas, il n'était visiblement pas de ma classe et probablement pas non plus de l'école. Regardant autour de moi, plus rien ne me semblait familier. Je savais être dans mon école et pourtant, je ne reconnaissais pas l'endroit. Si j'avais dû y trouver par moi-même un local précis, je pense que j'aurais eu bien du mal.

Mais très vite, mon attention se reporta sur le jeune garçon qui restait immobile à regarder le mur.

Et ce silence omniprésent !

Je commençais vraiment à angoisser. J'avais envie de m'enfuir en courant, mais au plus profond de moi, j'avais l'impression que cela ne servirait à rien. Il ne me restait donc plus qu'à avancer.

— Bonjour, lui lançai-je, la voix tremblante.

Très lentement, il tourna la tête. Il avait l'air gentil, en aucune manière agressif, par contre, il était vraiment bizarre. Rester ainsi debout au milieu d'un couloir et ne bouger que la tête quand on l'appelle, pour peu je me serais cru dans un film d'horreur.

— Qui… Qui es-tu ?

— Que viens-tu faire ici ? me demanda-t-il.

Je n'étais pas sûre d'avoir vu bouger ses lèvres, mais je n'y avais sans doute pas prêté attention. La question était simple et pourtant, j'étais bien incapable de donner une réponse. Je n'avais pas la moindre idée de la raison de ma présence ici. Dès lors, que devais-je lui répondre ? Est-ce que cela avait la moindre importance d'ailleurs ? Je n'en étais pas persuadée.

— Je cherche ma classe.

Ridicule ! Dieu ce que tu es conne quand tu t'y mets. *Je cherche ma classe !* Quel élève serait assez abruti pour ne pas savoir où se trouvait sa propre classe ? En même temps, l'école était déserte, donc ce n'était pas plus abruti que d'être ici alors que tous les autres étaient manifestement restés chez eux.

Mais ma réponse avait malgré tout provoqué une réaction. Il se mit en marche vers le fond du couloir. Je ne savais pas trop ce que je devais faire… et donc, je décidai de le suivre à bonne distance.

Il descendit les escaliers qui menaient au sous-sol.

J'avais beau avoir passé les six dernières années dans cet établissement, j'avais un peu de mal à me repérer, mais j'étais sûre d'une chose, ma classe n'était pas au sous-sol.

En plus, j'allais suivre un inconnu très bizarre dans le sous-sol de l'école quand il n'y avait personne pour m'aider. Parce que j'allais le suivre, c'était une certitude, même si je ne savais pas vraiment pourquoi. Voilà sans doute une des phrases les plus improbables que je pouvais imaginer dire un jour. Comment pouvais-je être certaine de cela sans savoir pourquoi ? Un sentiment, je suppose… ou la désorientation.

J'entendis de la musique, démodée à souhait. Même mes parents, enfin mon père, n'écoutaient plus pareille musique. J'aurais donc été totalement incapable de dire ce que c'était, mais le son épouvantable, se répercutait sur les murs en un écho dérangeant.

— Où m'emmènes-tu ?

Il ne répondit pas, continuant à descendre sans briser son rythme d'une lenteur épouvantable. La musique s'intensifiait à mesure que nous descendions, on aurait dit du Édith Piaf... en très mauvais. Je commençais à me persuader que ces escaliers n'en finiraient jamais lorsqu'enfin nous débouchâmes sur un couloir mal éclairé.

À peine avais-je mis un pied sur le sol qu'une femme en blouse blanche poussant un fauteuil roulant vide me renversa presque. Pourtant, elle n'allait vraiment pas vite, comme le garçon que je suivais. Juste derrière elle, une autre femme, en blouse blanche également, poussait un autre fauteuil dans lequel était assis un vieux monsieur au visage buriné. Je reculai d'un pas pour ne pas rester dans son chemin, car j'imaginais volontiers que, comme la précédente, elle ne ferait rien pour m'éviter. Et de fait.

Un frisson me parcourut l'échine lorsque j'aperçus le visage de l'infirmière. Un visage sans vie, des yeux livides, j'étais persuadée qu'elle n'avait même pas conscience de ce qu'elle faisait. Quant au vieux monsieur, il était parfaitement immobile. Il eut été mort qu'il n'eut pas bougé plus.

Le garçon avait disparu. Non pas que je l'avais perdu de vue, il avait tout simplement disparu et je me retrouvais seule dans ce qui semblait être un service de gériatrie. En tout cas, c'était ce que cette satanée musique m'inspirait. J'avais l'impression qu'elle pénétrait chaque fibre de mon corps uniquement pour me mettre mal à l'aise. Je ne voulais pas rester ici plus longtemps.

Au bout du couloir, je pouvais rejoindre une double porte sur laquelle une immense croix rouge avait été peinte. Le spot qui l'éclairait était si puissant qu'il plongeait le reste du couloir dans l'obscurité. Je plongeais des années en arrière dans un vieil hôpital, tels ceux que j'avais vus dans des films anciens en noir et blanc ou aussi dans certains films d'horreur. Je regardais les vieux déambuler comme des zombies à la recherche de rien sans doute, ce qui confirma ma seconde hypothèse.

Avançant doucement malgré la peur qui me tenaillait l'estomac, je regardai dans les chambres dont toutes les portes étaient ouvertes. Alors que deux d'entre elles m'avaient presque renversée, il n'y avait plus aucune infirmière, comme si les petits vieux étaient à présent livrés à eux-mêmes.

Dans sa chambre, assis sur son lit face à la porte, un septuagénaire se balançait d'avant en arrière. C'était le cliché même des films d'horreur et cela me fit presque sourire, mais lorsqu'il releva brusquement la tête, me regardant de ses yeux blancs et que la porte se referma d'un coup en claquant, mon sourire s'effaça immédiatement et mon cœur accéléra encore.

Lorsque je repris mes esprits, je tournai la tête pour fixer mon objectif, la porte avec la croix rouge. C'est là que je remarquai que tous les vieux s'étaient tournés vers moi et me fixaient immobiles dans le couloir. Devant et derrière moi, le couloir était à présent rempli d'individus et ils avançaient doucement.

Jamais je n'avais connu un tel sentiment d'oppression et la peur montait encore en moi. J'aurais voulu cette fois que ma colère se déchaîne, mais elle resta latente, à peine un murmure et quoi qu'il arrive inutilisable. J'étais à leur merci, désarmée, et ils continuaient d'avancer.

Soudain, alors qu'ils étaient presque sur moi et que mes cris ne les repoussaient en rien, j'entendis le grincement d'une porte et j'aperçus, au-dessus de tous ces vieux courbés, June qui s'avançait dans le couloir.

— Ah, June, que je suis contente de te voir ! criai-je. Aide-moi, je t'en supplie !

Elle tourna la tête vers moi et soudain, son visage se fit colère comme si elle était possédée par un démon. Elle se mit à courir dans ma direction, mais elle courait comme un mastodonte trop musclé qui essaierait de sprinter et à chacun de ses pas tout le couloir tremblait dans un bruit sourd. Elle ne venait visiblement pas pour me sauver. Lorsqu'elle arriva aux premiers octogénaires, elle les bouscula sans autre avertissement, comme s'ils n'étaient pas là, les envoyant heurter les murs. Ils retombaient inertes sur le sol tandis qu'elle continuait son avancée vers moi. Instinctivement, je reculai au fur et à mesure qu'elle s'approchait, mais très vite, je me retrouvai dans les bras des *zombies* derrière moi. Ils m'attirèrent à eux, me faisant tomber en arrière. Au-dessus de moi, je voyais des visages fripés, avides, édentés, qui me bavaient dessus. L'instant d'après, June était sur moi et m'agrippait par les épaules.

— Réveille-toi ! hurla-t-elle d'une voix démoniaque qui résonna dans mon crâne.

J'eus alors l'impression d'arrêter de tomber, comme si une interminable chute vers des abysses venait de prendre fin. Je reçus un choc intense qui me propulsa contre le plafond que je heurtai violemment sans pour autant avoir mal... comme dans le combi. Puis, à nouveau la chute et un nouveau flash.

Une cour d'école !

Devant moi, June était assise sur un cheval à ressort, entourée d'enfants qui riaient à gorge déployée, exagérément en fait. Leurs rires résonnaient dans ma tête comme cette satanée musique de l'hôpital où je me trouvais … auparavant

Qu'est-ce que tout cela signifiait ?

La peur me serrait le cœur et le ventre, m'empêchant presque de respirer. J'avais l'impression d'être asthmatique. Toute ma poitrine me faisait souffrir horriblement.

Soudain, June disparut. Je regardai de tous côtés et la retrouvai assise derrière moi sur un banc, me regardant avec indifférence. Je me retournai pour confirmer qu'elle n'était plus avec les enfants. Ils jouaient seuls, mais faisaient comme si June était encore parmi eux. Le sentiment d'oppression s'intensifia encore dans ma poitrine.

Un nouveau flash.

Cette fois, j'étais toujours au même endroit, mais je reçus un coup douloureux en plein cœur.

— Qu'es-tu venue faire ici ? me demanda June.

Je mis un certain temps à répondre, le temps pour mon corps d'encaisser le choc.

— Je ne sais pas. (Je soufflais durement.) Je ne sais même pas comment je me suis retrouvée ici. Je ne pourrais donc certainement pas dire pourquoi. L'instant d'avant, j'étais dans un hôpital, dans une sorte de service gériatrique… à moins que, attends, non, j'étais dans le sous-sol de l'école. J'avais suivi un jeune garçon qui… je ne sais plus pourquoi je l'ai suivi, je ne me souviens plus. C'est comme ici. Tout m'est familier, et pourtant, je ne reconnais rien. J'ai l'impression de perdre la mémoire.

Soudain, j'entendis un puissant battement de cœur suivi immédiatement d'une intense douleur dans ma poitrine. Je faillis tomber en arrière, mais me récupérai de justesse.

June était toujours devant moi et attendait visiblement la suite de mon histoire. Je ne savais pas du tout ce qu'il m'arrivait. Je sentais la panique m'envahir et les larmes remplir mes yeux, mais devant l'impassibilité de June, sans savoir pourquoi, je laissais ces évènements de côté pour reprendre mon histoire.

— Et là aussi, je ne sais pas comment je me suis retrouvée devant cet hôpital qui est en fait notre école et… non, ce n'est pas ça… j'étais dans un combi de flics. Les policiers ont tenté de me violer et je les ai tués de manière atroce en leur arrachant la gorge avec les dents.

Je voulus lui montrer le sang sur mes vêtements, mais il n'y avait plus rien, et alors que j'aurais dû être nue avec seulement un t-shirt, j'étais habillée.

J'entendis un nouveau battement de cœur et la douleur me foudroya une fois de plus. Cette fois, je tombai assise, la main sur le cœur, ne comprenant rien à ce qui m'arrivait et June qui me fixait toujours. Oubliant la douleur pour l'instant, je tentai de poursuivre mon explication.

— Plus de sang, pourquoi ? Et je suis habillée comme à la soirée de Marc, c'est du délire… mais attends, oui, c'est ça… (Je regardai mes mains posées sur mes genoux comme si elles étaient responsables de mes actes.) C'était juste après que nous ayons voulu faire l'am…

Elle n'était plus là. Je regardai frénétiquement tout

autour de moi, plus personne ! Les enfants avaient disparu et les jeux continuaient leur mouvement dans le vide.

Mon cœur me faisait atrocement mal.

Je voulus me relever, mais je n'y parvins qu'à grande peine tant chaque partie de mon corps me faisaient mal. Qu'est-ce qui s'était passé ? Ces derniers jours, j'avais subi des choses atroces physiquement et je n'avais jamais eu mal et là, alors que je tentais seulement de me relever, cela se révélait une véritable torture. C'était totalement irrationnel.

Un pas après l'autre, niant la douleur, j'avançai vers la sortie du parc. Le sentiment d'oppression dans ma poitrine augmenta encore tandis qu'un autre battement de cœur me mit presque à genoux. Je fondis en larmes, ne parvenant plus à gérer toute cette douleur et toute cette pression.

« Réveille-toi ! » entendis-je au loin.

Un nouveau flash… puis le noir.

Mon cœur bat.

Ça peut paraître absurde, mais j'entends mon cœur battre. Je ne l'avais jamais entendu aussi fortement. Il m'arrivait bien de l'entendre comme tout le monde quand j'avais la tête sur l'oreiller, juste avant de m'endormir, mais là, c'est différent. Je l'entends résonner dans tout mon corps. Tacam... Tacam... Tacam... Pourquoi ? Pourquoi dois-je l'entendre maintenant et surtout aussi fort ? Où suis-je ? Pourquoi est-ce que je ne peux pas ouvrir les yeux ? J'entends bien de l'agitation autour de moi, mais personne ne parle. J'entends un bip... qui se calque sur les battements de mon cœur. Un moniteur ! Suis-je à l'hôpital ? Pourquoi y serais-je ? Sans doute parce que je suis devenue complètement folle. Ce ne serait pas étonnant.

Mais pourquoi est-ce que je me suis retrouvée avec ces policiers ? Qu'avais-je fait ? Je ne me souviens que partiellement. Du sang, beaucoup de sang, mon père triste et... et June qui me tourne le dos. Je n'ai que des images floues en tête ... et une drôle de sensation, j'ai faim !

Pourquoi est-ce que cela me tracasse ? Ce n'est pas grave d'avoir faim, c'est tout à fait normal. Par contre, je dois comprendre ce que je fais ici, où je suis et pourquoi. Mais je n'arrive pas à ouvrir les yeux. Le brouhaha autour de moi s'est calmé et je n'entends plus que mon cœur et le moniteur.

Tacam bip… Tacam bip…

J'ai l'impression que chaque battement de cœur est un effort incommensurable pour mon corps et chaque contraction m'inflige une douleur atroce.

Soudain, un élancement vif remplit ma poitrine comme si chaque muscle entourant mes côtes se mettait en action. Je sens et j'entends l'air entrer douloureusement dans mes poumons dans un râle d'agonie. Puis tout se relâche pour laisser l'air s'expulser. Cet instant s'avère un moment de répit dans la douleur constante. A l'inspiration suivante, chacun de mes muscles s'étire à nouveau dans une douleur atroce. Et cela continue ….

— C'est ça ! entends-je hurler à côté de moi. C'est ça ! Vas-y ! Respire !

Papa ? C'est la voix de mon père ! Va-t-il encore m'assommer avec des extraits de ses philosophes préférés ? Non, cette fois, c'est différent. Il ne parle pas posément, il exulte de joie. Mais pourquoi ? Qu'est-ce qu'il se passe ? Qu'est-ce qui a bien pu m'arriver pour le rendre si euphorique ? Je viens quand même de tuer Axelle, Lucas et quatre policiers. Je doute qu'on me laisse libre après ça… mais… pourquoi les ai-je tués, je ne m'en souviens pas. Des images de lutte, un sentiment de peur, de quoi aurais-je dû avoir peur ? Tout est flou dans ma tête.

Toujours cette douleur à chaque battement de cœur et à chaque inspiration… et mes yeux qui refusent obstinément de s'ouvrir. Le moniteur suit toujours mon cœur à la perfection et le bip commence à m'énerver.

Je ne bouge pas, comme si tout mon corps était paralysé. Qu'est-ce qui a bien pu m'arriver ?

Aïe ! Ma main me fait atrocement mal, je bouge un doigt ! Je bouge un doigt, mais la douleur est vraiment forte. Est-ce qu'elle sera la même avec mes pieds ? Je dois bouger un orteil… Allez, bon Dieu, tu ne vas pas rester comme ça toute ta vie ! Bouge ! Bouge ! C'est un ordre !

Aïe ! Encore la douleur. Chacun de mes muscles me fait souffrir… mais au moins je suis arrivée à bouger mon orteil, je ne suis donc pas paralysée. La douleur finira bien par disparaître, je l'espère en tout cas.

Tiens, je sors du noir, semble-t-il. Est-ce que mes yeux s'ouvriraient enfin ? Non, pas encore, mais tout devient rouge, sans doute mon père a-t-il approché une lampe de mon visage. Je sais au moins que je ne suis pas aveugle non plus. Ce sont de bonnes nouvelles.

— Tiens, ça va t'aider, dit-il.

Papa ? C'est la voix de mon père ! Il a l'air heureux, je l'entends bien, et pourtant, je ressens une immense tristesse également. Pas chez moi ! Chez lui.

Aïe ! J'ai horreur des aiguilles, qu'est-ce que tu… oh mon Dieu, ça me réchauffe tout le corps. J'ai l'impression de connaître cette sensation. C'est comme quand j'ai eu tout ce sang dans ma bouche… Mais pourquoi me serais-je retrouvée avec du sang dans la bouche et surtout, le sang de quoi… ou de qui ? Pourquoi est-ce que je ne parviens pas à me souvenir ?

Par contre, je me sens beaucoup mieux. Mon cœur et ma poitrine ne me font plus mal, même quand je bouge les doigts, je n'ai pas mal. Dommage que je n'arrive pas encore à ouvrir les yeux, j'aurais sans doute beaucoup de réponses à toutes mes questions.

Je crois que tout mon corps est en train de se réveiller. Je ne sais pas ce que tu m'as donné, mais ça fonctionne. Je peux bouger le bras, je le sens, et les jambes. La douleur est devenue tout à fait supportable. J'ai même l'impression que mon cou se débloque, oui, j'arrive à bouger la tête !

— C'est ça, bouge doucement, mais n'essaie pas d'aller trop vite. Prends ton temps.

Prendre mon temps ! Non, mais ça va pas ! Il y a combien de temps que je suis comme ça ? Ça doit faire un bail pour que je sois bloquée de la sorte. Et qu'est-ce qu'il m'est arrivé ? Je ne me souviens de rien. Où étais-je hier ?… Pas la moindre idée !

Et bon Dieu, pourquoi est-ce que j'ai faim comme ça ? Vivement que je puisse ouvrir les yeux et parler. Dès que je saurai ce qu'il m'est arrivé, je commanderai à manger.

Il faut que j'ouvre les yeux. Il faut que… j'ouvre… les…

— Attends, je vais t'aider. Je vais d'abord écarter la lampe pour ne pas t'aveugler.

Et me revoilà dans le noir.

Vas-y doucement, je n'ai pas envie que tu m'arraches les paupières.

Waw ! Il ne fait pas très clair, mais ça fait quand même mal aux yeux. Laisse-moi une seconde. Mais… Je suis dans ton labo ! Qu'est-ce que je fais ici ? Aide-moi à m'asseoir, je veux voir exactement où je suis.

— Attends, je vais t'aider.

Merci, c'est exactement ce que je voulais.

Aïe, mon Dieu, ça fait mal !

Il me faudrait encore un peu de ton truc là, ça m'avait fait du bien. Mais je crois qu'il n'agit pas très longtemps, je recommence à sentir mon cœur battre.

Je suis bien dans ton labo.

— Aaarg...

Quel beuglement atroce ! C'est tout ce que je suis capable de dire. C'est une blague !

— N'essaie pas encore de parler, c'est trop tôt. Laisse-toi du temps.

Ça c'est sûr, je vais encore attendre.

— Tiens, bois un peu.

Merci.

Mais qu'est-ce qu'il se passe ? Pourquoi est-ce que je tremble comme ça ? Je ne peux pas tenir le verre.

Et voilà, tout par terre.

— Ce n'est pas grave, attends, je vais le prendre pour toi. C'est déjà très bien que tu puisses te tenir assise.

Très bien que je puisse... ! Tu rigoles, ou quoi ? Et qu'est-ce que je fais ici ? Je ne me souviens de rien. Et arrête d'être si nerveux et de courir partout, tu me files la migraine.

Ah merci, ça fait du bien... mais c'est quoi, pas de l'eau en tout cas.

Qu'est-ce que je fais dans ton labo et c'est quoi toutes ces machines auxquelles je suis reliée ?

— N'aie pas peur, tu es dans mon labo.

Oui, ça je sais.

— Aaarg pou... quoi ?

Bravo ! Presque un mot... pitoyable !

— Ne parle pas, c'est trop tôt. En attendant que tu retrouves la parole, je vais te raconter ce qu'il s'est passé.

Ah enfin ! Je vais savoir ce que je fiche ici. Je n'ai jamais pu venir qu'une fois dans ton labo, un week-end quand j'étais toute petite, toutes tes recherches étaient tellement *top secret*. Et voilà que je me réveille ici sans me souvenir de ce que j'ai fait avant de m'endormir. Pourtant, une chose est sûre, j'ai l'impression que ça fait longtemps que je me pose des tas de questions et pourtant, je serais bien incapable de dire lesquelles et pourquoi.

La seule chose certaine, c'est que j'ai faim, de plus en plus faim, et tout cela commence à m'énerver. Alors fais vite avec ton histoire pour que je puisse manger quelque chose.

— Il y a quelques jours, six jours pour être précis, en rentrant de chez June, nous... nous avons eu un accident de voiture. Un camion nous a grillé la priorité et... tu... tu n'as pas survécu.

Je n'ai pas survécu ! C'est ridicule, je suis bien vivante là ! De quoi parles-tu ? Et si je suis morte, qu'est-ce que je fais ici ? D'ailleurs c'est vrai, pourquoi ici et pas à l'hôpital ?

— J'aurais peut-être dû t'amener à l'hôpital...

En effet oui, mais ce n'est quand même pas la peine de te mettre dans tous ces états.

— ... mais tu étais déjà morte, ça n'aurait servi à rien. Tu comprends ? Qu'est-ce qu'ils auraient fait ? Rien. Et j'aurais dû t'enterrer. (Une larme coule sur sa joue.) C'est comme avec ta mère, je ne pouvais pas m'y résoudre.

Arrête de dire que je suis morte ! Tu vois bien que je suis là... et qu'est-ce que maman vient faire là-dedans ?

— Tu t'es souvent demandée en quoi consistaient mes recherches, eh bien à ça... ces dernières années en tout cas.

Euh, à quoi ? Tu commences à me faire peur, là.

— C'est pour ça que je t'ai amenée ici et pas à l'hôpital.

Ici ? Mais où sommes-nous ? L'endroit me semble familier, mais je ne reconnais pas. On dirait... un laboratoire, qu'est-ce que je fais ici ? Papa, dis-moi où nous sommes !

— Je travaille sur un produit qui relance l'activité du cerveau. Je n'ai pas encore réussi à supprimer tous les effets secondaires, mais j'y travaille et je te promets que bientôt, tout sera résolu, je te demande de me faire confiance. Nous avons déjà un second sérum qui devrait relancer l'activité cellulaire et arrêter par là la décomposition. Mais je ne l'ai pas encore testé.

Mon cœur et ma poitrine recommencent à me faire mal. Qu'est-ce qu'il se passe ? Pourquoi ai-je aussi mal ? La décomposition ? Quelle décomposition ? Chaque mouvement de la tête me donne l'impression qu'on m'enfonce des milliers d'aiguilles dans le cou. Rien que l'idée de lever le bras m'épuise.

Et cette faim ! C'est impossible d'avoir aussi faim !

— Aaaargh !

Oh ça m'énerve ! Est-ce que je ne suis pas capable d'émettre autre chose qu'un râle ? Et... mon Dieu... ma main ! Qu'est-ce que ça veut dire ! Pourquoi ma main est-elle si grise ? J'ai l'air si livide. Et mon visage ? Est-il si pâle lui aussi ? Aïe ! Put... mon bras me fait mal !

— Non, ne fais pas trop de mouvement. C'est trop tôt. Il faut que ton corps s'habitue.

Lâchez ma main, monsieur ! Mais qui êtes-vous ? Que fais-je ici ? Où suis-je ? Bon Dieu, ce n'est pas possible ! Mais qu'est-ce qu'il m'arrive ? Non ! Mais lâchez-moi ! Qui êtes-vous ? Laissez-moi partir ! Je veux rentrer chez moi !

Oh, pardon, je ne voulais pas vous pousser aussi fort. Ça va, monsieur ?

Mais... qu'est-ce que... tout s'assombrit. Non, attends, ce n'est pas ça. Ce sont les couleurs qui disparaissent ! Qu'est-ce que c'est encore que ça ? Suis-

147

je en train de perdre connaissance ? Non, je me sens bien. Tout est gris ! Monsieur, vous allez bien ? Vous saignez. Non, attendez, ne fuyez pas, je veux juste savoir ce qui se passe.

— Aaargh...

Pourquoi est-ce que je ne peux plus parler ?

C'est quoi cette odeur ? Est-ce le sang qui sent comme ça ? Dieu, que ça sent bon ! Et... vos veines... monsieur... que vous arrive-t-il, pourquoi vos veines deviennent-elles si noires... et... appétissantes ?

Il faut que j'y morde... non, tu es folle... qu'est-ce qui te prend ? Tu ne vas quand même pas lui... Si ! Il le faut. J'ai faim, il faut que je mange ! Maintenant ! Ce n'est pas possible autrement. Je dois manger maintenant.

Venez monsieur, je dois manger.

Manger !

Manger !

Manger !

Chaque partie de mon corps me fait souffrir à chaque pas, mais qu'importe, je dois manger. Attendez, ne reculez pas si vite, je ne peux pas vous suivre. Dieu, que ça fait mal ! Et je suis si lente.

Manger !

Pourquoi brisez-vous cette vitre ? Lâchez cette hache, elle ne peut vous servir à rien.

Je sens la colère monter en moi, mais pourquoi ? Je ne veux pas de cette colère... elle est dangereuse, elle aussi... mais pourquoi ? J'ai le sentiment au plus profond de moi que c'est mal, mais je n'arrive pas à me souvenir pourquoi.

J'ai faim !

Je dois manger !

Cette fois, j'en ai marre, cet enfoiré qui m'a enfermée

ici va me servir de repas. Il l'a bien mérité. Il doit mourir. Si je lui saute à la gorge, il n'aura pas le temps de me frapper avec sa hache ridicule.

Ah ! Le sang qui s'écoule, ça fait du bien. J'ai l'impression qu'il fait disparaître les lames de rasoir de ma gorge. Je sens même la faim se calmer, mais la colère ne s'en va pas, elle. Pourtant, j'étais certaine qu'elle disparaitrait, je le sentais, alors pourquoi est-elle toujours là ?

Il est mort.

Et maintenant, je fais quoi.

Et merde ! Cette putain de porte est fermée ! Ça ne va pas m'aider à garde mon calme... et j'ai faim, de nouveau, il faut que je trouve quelqu'un d'autre à égorger. De toute façon, il l'aura mérité aussi et ce n'est pas mon corps tout entier qui me fait mal à chaque mouvement qui va m'en empêcher.

Je dois trouver une autre sortie.

C'est quoi cette porte ?

Je présume que je dois tourner cette grosse roue.

Et m... C'est quoi toutes ces lampes qui clignotent et ce bruit d'enfer ? Tant pis, je continue. Voilà, ça s'ouvre, mais ... vraiment lourde.

C'est quoi bruit derrière moi !

Ah ! Porte est finalement ouverte. Bonjour, d'où venir tous les deux ? Peu importe, trop faim.

— Madame ! Que faites-vous là ? Qui êtes-vous ?

— Aaargh sais... pas.

Apparemment, sang débloqué un peu gorge. ... va mieux. Mais peut encore aller mieux si mange encore et espère plus avoir aussi faim.

— Madame, n'approchez pas ! Restez où vous êtes ou nous appelons la sécurité. Madame, non, ne...

Pas la peine essayer me retenir, trop faim. Et sang,

trop bon.

— Madame, lâchez-le ! Que faites-vous ? Oh mon Dieu ! Quelle horreur… et vous, qui êtes vous ?

À qui parle ? Ah tiens, c'est vrai… il y a autres et… c'est drôle sensation. Quand les regarde, je pas faim comme avec autres.

— *Tue-le !*

Qui parle ?

— *Tue-le !*

Vous, madame ? Mais qui… ? Et vous ne parlez pas, comment peux entendre vous ?

— *Peu importe, tue-le avant qu'il ne s'enfuie.*

Stop ! Pas courir ! Voilà, restez près de moi.

Aaahh, sang apaise tellement douleur et faim. Quel bonheur ! J'ai impression que jamais assez. Mais faim revient déjà. Encore manger ! Encore ! Toujours.

— *Ça suffit ! Il ne pourra pas revenir si tu le manges trop.*

Revenir ? Mais mort.

— *Je sais, mais il va revenir, tout comme ton père est en train de se relever.*

Tiens, oui, vrai. Mais lui mon père ?

— *Bon Dieu, ta mémoire disparaît plus vite encore que pour moi. Alors, écoute-moi, c'est très important. Si nous voulons sortir d'ici, nous allons avoir besoin d'aide, car dans quelques minutes, tu seras comme ton père. Un corps vide qui n'a qu'une idée en tête… manger.*

Que dois faire ?

— *Tu dois te convaincre que tu dois me suivre.*

D'accord. Toute façon, réfléchir trop dur.

— *Parfait. Les deux autres se relèvent à leur tour. Je vais les envoyer faire autant de dégâts que possible dans les bureaux jusqu'à la sortie. Plus ils tueront, plus nous aurons d'alliés et plus nous serons libres dans nos mouvements. Nous prendrons un autre chemin, en utilisant la carte d'accès de ton père. Cette aile des laboratoires est bien à l'écart des autres et les accès y sont restreints. Sans sa carte, impossible de sortir. Nous devons fuir et nous cacher. Maintenant, suis-moi !*

Attends. Qui vous être ?

Et c'est comme ça, alors que tout s'était effondré autour de moi en moins d'une semaine, ne sachant pas s'il s'agissait d'un rêve... ou pas... que j'étais en train de perdre la mémoire et toutes mes facultés, que mon corps me faisait mal à chaque mouvement, à chaque respiration et même à chaque battement de cœur, que je découvris enfin la vérité : j'étais devenue un zombie.

Heureusement, il ne fallut que quelques heures pour que je récupère en partie mes facultés mentales, mais je ne gardais qu'une zone d'ombre de notre fuite.

C'est également comme cela, en apprenant la vérité sur moi que je retrouvai... ma mère.

Livre 2

PRISE DE POUVOIR

Cachées dans le clocher de l'église, là où personne ne viendrait nous chercher, ma mère risquait de temps en temps un œil vers la rue. Les zombies que nous avions créés sur notre route et ceux transformés par la suite continuaient leur massacre. Dans le laboratoire presque désert, une vingtaine de personnes tout au plus avaient sauvagement été transformées en zombies par ma mère, moi ou d'autres zombies. Je ne revis plus jamais les deux hommes, ou plutôt les zombies, qui sortirent de la pièce où ma mère était enfermée.

Pour atteindre le clocher, je m'étais contentée de suivre ma mère qui semblait bien savoir ce qu'elle faisait. Je n'étais plus qu'un zombie comme les autres, sans âme, juste un mort vivant qui ne pensait qu'à manger. Je ne contrôlais plus rien et je n'avais plus aucun souvenir de ces quelques heures.

Ma mère m'avait traînée jusqu'ici pour nous mettre à l'abri. Et cela n'avait pas été une mince affaire. La faim qui me tenaillait et l'absence totale de raison me faisaient sans cesse dévier vers des personnes paniquées pour me nourrir. Je portais encore les marques de ses doigts sur mes bras qu'elle avait serrés trop fort.

Quelques heures plus tard, j'avais récupéré en partie mes esprits, j'espérais qu'elle allait m'expliquer tout ce qui s'était passé. D'après elle, il me faudrait encore quelques jours pour retrouver l'entièreté de mes capacités intellectuelles, mais à partir de là, ma mémoire recommençait à fonctionner.

Je la regardai, assise auprès de moi, elle était méconnaissable. Tout son corps était en grande partie décomposé, l'air livide… comme moi et la décomposition en plus. Elle était franchement dans un sale état. Par contre, elle semblait avoir toute sa tête et son regard, bien qu'absent, reflétait pourtant une grande intelligence.

Les premières heures furent compliquées. Je n'avais pas encore tous mes esprits et la seule chose qui m'occupait la tête était la faim. La faim et toujours la faim. Comme une droguée en manque. Ma mère dut m'attacher les pieds et les mains pour que je ne puisse pas quitter notre cachette et elle attacha même mes liens à un anneau au mur du clocher. Elle termina avec un bâillon afin que mes râles n'attirent pas l'attention, même si, où nous étions, cela ne risquait pas grand-chose.

La faim me tenaillait les entrailles comme si on m'y enfonçait des aiguilles par dizaines et je n'avais envie que d'une chose, la faire cesser. Je savais que le sang le pouvait et je voulais… je devais… trouver quelqu'un à égorger pour faire passer cette envie tenace. En plus, il calmait également la douleur musculaire que je ressentais en permanence.

Mais ma mère était trop forte et je ne pouvais pas lutter contre elle. Si bien que je me retrouvais quand même attachée et bâillonnée.

Depuis notre sortie du laboratoire, ma mère n'avait plus communiqué avec moi. Sans doute attendait-elle que je récupère suffisamment mes facultés mentales. Il est vrai qu'avant cela, elle n'aurait parlé qu'à une enveloppe vide.

Au fil des heures, ma raison reprenait le dessus sur la faim et la douleur, et mon corps se calmait peu à peu, même si cela n'atténuait en rien les sensations de manque. Ma mère s'en aperçut et finit par me reparler après avoir jeté encore un coup d'œil sur la rue. Entendre à nouveau ses pensées fut un soulagement.

— *Ils les ont tous eus, je crois.*

— *Qui a eu ?*

— *La police. Ils sont trop lents, ils se font prendre facilement.*

— *Qui fait prendre ?*

— *Les zombies. Ceux que nous avons créés. Ils errent sans but et sans se cacher. Ils ne sont pas de taille. Si on veut vivre, il nous faudra nous cacher.*

Mais même si tout cela était très déroutant et difficile à croire, ce n'était pas ce qui m'inquiétait le plus. Et je continuais à l'interroger par la pensée, car nos corps morts ne nous permettaient plus de parler normalement. Seuls quelques râles s'échappaient péniblement de notre gorge sèche et comme tapissée de lames de rasoir.

— *Nous aussi zombies ?*

Elle mit un certain temps à répondre, car, même si elle s'était visiblement habituée à sa condition, cela lui était encore difficile à admettre.

— *Oui et non. Physiquement, nous sommes les mêmes. Notre corps est mort et continue à se décomposer. Heureusement pour nous, ce n'est pas aussi rapide que de vrais cadavres. Mais comme tu peux le voir, après plus de deux ans, le résultat est sans appel.* (Elle désigna son visage aux lambeaux de peau pendants.) *Nous sommes cependant intellectuellement différents. Ton père nous a créées grâce à ses recherches... ou à cause, c'est selon. Et son traitement nous a permis de récupérer notre cerveau qui est le seul organe de notre corps à ne plus se décomposer. Il cherchait un moyen d'arrêter la décomposition du reste du corps afin de nous redonner une vie normale, mais de ce que je sais, il n'y était pas encore parvenu.* (Elle vit mon regard triste.) *Je ne sais pas ce que nous allons devenir. Nous ne pouvons plus nous intégrer à la société, pas comme ça* (elle pointa à nouveau son visage), *c'est impossible. Nous n'avons donc que deux solutions. Nous cacher... ou nous battre. Si nous ne faisons rien, nous allons continuer à nous décomposer pour finalement devenir trop faibles pour nous battre. Je n'ai pas envie de finir comme un légume qui ne peut plus bouger que la mâchoire, mais qui ne peut pas mourir, car son cerveau est immortel. Autant se faire enterrer vivant, ce serait le même résultat. Ou alors, nous pouvons nous battre. J'ai vécu enfermée pendant plus de deux ans avec deux zombies inertes dans une pièce qui faisait à peine vingt mètres carrés. Je veux être libre. Je ne veux plus qu'on me cache, je ne veux pas me cacher. Mais pour cela, il va falloir se battre... et la colère que j'ai en moi, et que je sens en toi également, va nous y aider. Nous n'aurons pas la moindre pitié pour les humains, car eux n'en auront pas pour nous.*

Elle m'expliqua son projet fou, dantesque. Pour peu, je l'aurais prise pour l'un de ces fous vu au cinéma qui veulent gouverner le monde. Mais au final, elle avait peut-être raison. Ce serait eux ou nous. Alors qu'elle m'expliquait les grandes lignes de sa démarche, je sentais la colère monter en moi comme souvent ces derniers temps et je finis par rejoindre ses idées : ces salopards allaient tous mourir !

J'avais l'impression d'être le mal réincarné et c'est sans doute ce que les gens allaient penser de nous le jour où ils apprendraient notre existence. Mais je m'en moquais. Je savais ce que nous étions et je n'étais pas croyante, je ne voyais pas en nous des abominations du diable. Comme ils ne nous accepteraient pas, si nous ne voulions pas être assassinées comme les autres zombies, nous allions devoir nous battre. Dès lors, les considérer comme des bêtes immondes allaient nous faciliter la tâche.

Les heures passaient. Mes facultés mentales se rétablissaient peu à peu. J'aurais dû m'en réjouir, mais la douleur causée par chacun de mes mouvements, chacune de mes respirations et chacun de mes battements de cœur, mêlée à une faim de sang de plus en plus forte, m'en empêchait. La faim était si intense qu'elle me tordait l'estomac.

— *Toi pas faim ?* demandai-je à ma mère.

— *Si, autant que toi, tout comme la douleur. Je présume que tu as mal partout également.* (J'acquiesçai.) *Je suis désolée, mais ça ne passe pas avec le temps, on apprend juste à vivre avec en attendant de se nourrir. Le sang nous apporte quelques instants de répit, mais de très courte durée. Tu t'y feras… tu n'auras pas le choix.*

La déception fut de taille et le fait de baisser un instant les bras permit à la faim de se décupler encore. J'aurais tout cassé et massacré des centaines d'hommes pour me soulager… mais mes liens m'en empêchaient. Son visage décomposé était effrayant, et je devinais la détresse de ma mère dans ses yeux. Il n'y avait pas de larmes, sans doute n'en étions-nous plus capables, mais je voyais la tristesse dans les crevasses de son visage.

Et en plus, j'allais bientôt, dans quelques mois, devenir comme elle, un monstre.

Je devais me ressaisir, car il me faudrait tenir jusqu'à la nuit, plusieurs heures encore. A cet instant, la faim était si forte et ma volonté encore si faible que je m'arrachais la peau des poignets et des chevilles à tirer sur mes liens pour tenter en vain de me libérer. J'oubliais que mon corps mort ne se régénérait plus et que je garderais ces marques à vie. Le plus étonnant était que je n'en ressentais aucune douleur. Mes muscles me faisaient souffrir le martyre, mais pas les blessures.

Nous attendîmes la nuit tombée pour sortir du clocher. Il fallait qu'il y ait le moins de monde possible dans les rues. Lorsque je me relevai enfin, mon corps tout entier se plaignit. Il ne s'agissait pas de simples courbatures dues à une journée assise sans pouvoir bouger, mais bien de cette douleur constante qui ne me quitterait sans doute plus jamais.

En descendant dans l'église, il n'y avait plus que quelques bougies allumées et la faible lueur persistant à travers les vitraux suffisaient à nous orienter. Ma mère nous dirigea vers la porte latérale donnant sur le jardin de l'église afin de rester aussi discrètes que possible.

Nous entendîmes un bruit venant d'une porte sur le côté de l'autel. La télévision ou la radio. Il y avait quelqu'un, certainement le prêtre. Je regardai ma mère, l'implorant des yeux sur mon visage impassible. Elle acquiesça d'un signe résigné de la tête.

Comme si un volcan venait de se réveiller, la faim en moi se libéra d'un coup à l'idée du sang tout proche. Alors que je pensais déjà en souffrir, je me rendis compte que ce n'était encore rien. Chaque pas vers ma proie était une véritable torture mais je ne pouvais plus m'empêcher d'avancer. Je voulais l'égorger et la dévorer, c'était la seule chose qui pouvait m'apaiser. Pas après pas, malgré la douleur intense qui me retenait, la colère montait en moi et ma respiration s'accélérait, provoquant un râle macabre dans ma gorge trop sèche. Je devais avoir l'air d'un animal affamé... ce que j'étais en partie devenue.

La porte n'était pas fermée et ne représentait pas un obstacle. Derrière une petite table, un grand divan faisait face à la télévision diffusant une émission de variétés dans un bruit assourdissant. La pièce était relativement sombre, éclairée par quelques lampes tamisées par des abat-jour. Dans le divan, sursautant à l'ouverture de la porte, un gros bonhomme se retourna puis se leva assez péniblement.

Il n'était même plus en soutane. Pourtant, c'est ce qu'on attend d'un prêtre, non ? Vêtu d'un short et d'un t-shirt ridicule affichant un smiley, il me regardait, ébahi.

— Puis-je vous aider ? demanda-t-il en essayant de rester courtois comme le veut sa profession.

Mais je ne répondis qu'avec un râle macabre en fonçant sur lui.

— Madame, je ne trouve pas ça drôle, dit-il en plaçant ses mains devant lui pour me repousser à distance.

Je n'avais plus de contrôle sur moi-même, ce n'était plus moi qui donnais les ordres à mes muscles, c'était la faim. Mon esprit tenta de lutter de toutes ses forces, mais rien n'y fit. J'étais devenue un monstre sanguinaire, animé uniquement par les instincts les plus bas et le goût du sang. J'avais envie de pleurer mais mon corps ne m'obéissait plus. La faim m'obligeait à subir le massacre que je me préparais à commettre.

Il tenta bien de me bloquer de ses deux mains, mais je mordis son bras, lui faisant perdre appui. Ce moment de recul fut suffisant pour que je lui saute à la gorge et lui arrache la peau d'un coup sec. Le sang gicla, dégageant une odeur cotonneuse… très agréable.

La honte m'envahissait l'esprit alors que le sang pénétrait mon corps.

Je plongeai sur la plaie ouverte pour me délecter du breuvage salvateur. Il tapissait ma gorge sèche et calmait efficacement ma faim. L'espace d'un instant, j'eus même l'impression que mes muscles ne me faisaient plus mal. Après quelques secondes, le prêtre arrêta de se débattre pour se laisser aller dans mes bras alors que sa vie l'abandonnait pour s'écouler en moi.

J'essayai dix fois, cent fois, de me dégager de lui, mais en vain, l'appel était irrésistible.

Alors que je relâchais mon étreinte, laissant le corps s'affaler sur le sol, je pris conscience de la force qu'il m'avait fallu pour le maîtriser ainsi. Je n'avais déployé aucun effort et pourtant, j'avais été capable de le retenir. À première vue, il devait faire près de cent kilos.

Je regardais encore mes mains et mes vêtements couverts de sang que ma mère se jetait déjà sur le corps du prêtre.

Je réalisai seulement la réalité de mon action.

Je venais de tuer un innocent, et un prêtre de surcroît. Mes mains se mirent à trembler, puis mes jambes et finalement tout mon corps. Je tombai à genoux en enfouissant mon visage dans mes mains. Couvertes de sang, elles dégageaient une odeur douce, agréable… mais en comprenant la macabre signification de cette sensation, je me mis à pleurer et cette fois, mon corps ne fut plus une barrière. Les larmes coulèrent sur mes joues et un lourd sanglot m'envahit.

Ma mère me regardait, la bouche couverte de sang. Elle venait d'arracher un morceau de chair du bras.

— *Laisse-toi du temps. Je n'y suis pas arrivée du premier coup non plus. Il faudra des semaines pour t'habituer.*

Je relevai la tête, mais ne répondis rien. M'habituer ? Comment cela serait-il possible ? Personne ne devait pouvoir s'habituer à de telles horreurs. Cela me sera en tout cas impossible à moi, je deviendrai folle avant.

— *Nous allons tout faire pour te préparer et nous resterons cachées le temps nécessaire pour te protéger. Nous ne sortirons que pour nous nourrir et n'attaquerons qu'à des endroits où nos proies n'y seront pas armées.*

Nous nourrir ? Attaquer ? Nos proies ? En une phrase, elle avait résumé toute l'horreur de ce que nous étions. Nous n'étions plus que des animaux chassant pour se nourrir.

— *Je ne pourrai jamais m'habituer à cela,* lui pulsai-je par la pensée.

— *Il le faudra pourtant, sinon tu mourras.*

— *Alors plutôt mourir. Jamais je n'aurais dû revenir, pas comme ça en tout cas. Je ne veux pas de cette abomination créée par… papa.*

— *Ça fait drôle de dire papa, hein ? Ce fut le cas pour moi aussi. Au début, je lui disais encore « chéri ». Mais à la longue, après quelques mois, j'ai perdu l'espoir qu'il trouve un remède à la décomposition de mon corps et j'ai fini par ne plus le considérer comme mon mari… car je n'étais plus sa femme, elle était morte.*

— *Mais tu as quand même accepté ta vie…*

— *Non, pas tout de suite. J'ai commencé par déprimer, tout comme toi. Je ne voyais pas à quoi allait se résumer ma vie. Une pièce de vingt mètres carrés ? Pour ainsi dire pas de nourriture ? Une douleur et une faim permanentes ? J'ai refusé aussi, au début. Je ne voyais honnêtement pas d'autre issue que la mort.* (Elle se redressa du cadavre et s'approcha de moi, la bouche dégoulinante de sang.) *Et même là, ce n'était pas si simple. Puis, il y eut la colère.*

— Je vois ce que tu veux dire. Je la ressens aussi. Elle est comme un volcan en permanence sur le point d'exploser.

— C'est exactement ça. Sauf que pour moi, cela prit des mois. Le sérum de ton père n'était pas aussi efficace à l'époque qu'il ne l'a été pour toi. Puis cette colère s'est transformée en rage.

— Je l'ai ressentie aussi à certains moments, comme si le volcan explosait. Cela me faisait même devenir on ne peut plus vulgaire.

À cet instant, je ne faisais plus vraiment la différence entre la réalité et le rêve qui m'avait amenée jusqu'ici. J'avais l'impression que mon cauchemar s'était réellement déroulé, que j'avais réellement éprouvé toutes ces sensations... et réellement tué toutes ces personnes.

— Avec le temps, j'ai appris à la gérer aussi, comme la douleur, et à l'utiliser à mon avantage. Car c'est de cette rage que nous vient notre force. (Elle posa une main sur mon épaule.) *C'est elle que tu dois utiliser pour te battre. Tu finiras même par composer avec la douleur permanente, elle fera partie de toi et deviendra aussi naturelle que de respirer.* (Elle marqua une pause.) *Tu voulais savoir pourquoi j'ai commencé à me battre. Je ne comptais pas rester enfermée toute ma vie. Ton père m'a créée, mais il n'aurait pas pu me laisser vivre, la société ne l'aurait jamais accepté et je ne l'en blâme pas.*

— Mais pourquoi n'as-tu pas baissé les bras ?

— Ton père a pris trop de temps pour se résigner... il ne l'était d'ailleurs toujours pas lorsque tu m'as délivrée puisqu'il t'a toi aussi transformée.

— Se résigner à quoi ?

— À me tuer.

Elle dit cette phrase avec une telle froideur que même

mon corps mort en fut secoué. Il n'y avait aucune émotion dans sa voix, mais ses yeux trahissaient une telle rage et une telle rancœur qu'ils me glacèrent sur place. Je ne savais pas comment réagir : reculer et m'enfuir ou continuer à l'écouter ? Elle me faisait vraiment peur. Avant que je ne prenne une décision, si tant est que je puisse le faire, elle continua.

— *La rage et la douleur ont eu raison de mon avachisse-ment. De rien, je suis devenue une victime, puis une prisonnière qu'on nourrissait grossièrement et sporadiquement. Il pratiquait de plus en plus de tests sur moi, pour trouver LE sérum. Je vis même dans ses yeux qu'il finit par me considérer comme perdue. Il ne voyait plus en moi sa femme morte, mais un rat de laboratoire. La rage devint finalement si forte que je parvins à résister aux gaz soporifiques et attaquai l'homme qui venait me faire les injections. J'en ai eu deux.*

— *Les deux hommes qui sont sortis de la pièce avec toi, je comprends mieux.*

— *Ce sont eux, en effet.*

— *Mais comment papa a-t-il réussi à garder tout cela secret si longtemps ?*

— *Je n'en sais rien, c'est encore une énigme pour moi. À ce stade, tu en sais presque autant que moi.*

— *Je ne sais pas*, dis-je soudain envahie d'un doute.

— *Pourquoi ?*

— *C'est difficile à dire. J'ai l'impression de savoir encore autre chose, mais je n'arrive pas à me rappeler quoi.*

— *C'est normal, tu n'as pas encore recouvré toutes tes capacités. Ça viendra, et si c'est important, nous agirons en conséquence.*

— *Oui, en espérant que cela ne nous aura pas tuées avant.*

— *En espérant, oui*, conclut-elle.

À peine eut-elle fini sa phrase qu'elle se dirigea vers

la porte. Rester trop longtemps au même endroit si nous n'étions pas bien cachées n'était plus une option pour nous. Nous laissâmes dès lors le cadavre derrière nous.

Je me contentais de suivre ma mère. Je n'avais plus aucun point de repère, tout mon monde s'était effondré en un rien de temps. Il y a un peu plus d'une semaine, j'étais une ado comme les autres avec ses problèmes d'ado. Les seules choses qui me prenaient la tête ne concernaient que des futilités telles que les vêtements, le maquillage, les garçons et mon indépendance de soi-disant adulte. Aujourd'hui, tout avait changé. Je fuyais les gens, car ils me tueraient sans hésiter et la seule chose à laquelle j'étais capable de penser était manger. Bien qu'en y réfléchissant, ce n'était pas tout à fait exact. En fait, je ne pensais qu'à couper cette envie de manger. Le problème était que la nourriture normale ne m'intéressait plus. Je voulais du sang, à même le corps.

Ma vie allait-elle devenir un film d'horreur permanent ? Et ma mère n'améliorait pas le tableau. Elle ressemblait à un cadavre déjà partiellement décomposé. Je n'osais pas la regarder car chaque fois que je posais les yeux sur elle, une peur atroce m'envahissait en m'imaginant comme elle d'ici quelque temps.

Perdue, j'étais perdue. Je la suivais dès lors comme un robot, n'ayant pas encore la moindre idée de ce que j'allais faire. Nous avions déjà parcouru quelques rues, restant toujours dans l'ombre, lorsque je recommençai à me concentrer sur notre tâche.

Mais quelle tâche au fond ?

— *Que cherchons-nous exactement ?* demandai-je.

— *Un endroit bien peuplé.*

— Ne sommes-nous pas censées nous cacher ?

— On doit mieux se nourrir, le curé ne sera pas suffisant, répondit-elle sans cesser de scruter les environs.

— Je ne veux pas. Je ne veux pas tuer des gens, c'est trop horrible.

— On n'a pas le choix, est-ce que tu tiens à subir le même calvaire que pendant toute cette journée ? (Je ne répondis rien.) Nous devons nous nourrir si nous ne voulons pas souffrir plus encore.

— Souffrir plus ?

— Oui, si nous ne mangeons pas, la douleur deviendra de plus en plus forte. Et crois-moi, tu n'as encore rien ressenti.

— Je ne veux plus, dis-je, alors que de nouvelles larmes me submergeaient.

— Bon Dieu !, arrête de pleurnicher. Si tu ne te reprends pas en main, tu mourras d'ici peu car ils finiront par t'avoir.

— Ce serait peut-être mieux. Après tout, je suis déjà morte.

Elle me saisit par le col et me plaqua violemment contre le mur. Elle déployait une telle force que j'en eus le souffle coupé.

— Moi, je n'ai pas l'intention de mourir. Alors tu vas faire ce que je te demande quand je te le demande, sinon je te promets que tu souffriras d'autre chose que de la faim.

Elle me terrifiait. Si elle ne m'avait pas tenue fermement contre le mur, je pense que je me serais effondrée sur le sol. Mes pires cauchemars étaient devenus réalité, mais cette fois, je ne me réveillerais pas pour y mettre fin.

Les larmes aux yeux, j'acquiesçai timidement d'un signe de tête.

— Très bien, alors allons-y, j'entends de la musique par ici. Nous devons faire vite, cela devient risqué. En plus, dans les jours qui viennent, il y a fort à parier qu'avec internet le *monde entier sera au courant pour les zombies. Et même si la plupart croiront à un canular, la région ici sera polluée.*

— *Polluée ?*

— *Ils seront trop sur leurs gardes. Déjà ce soir, c'est risqué à mon avis. Mais tant que nous ne nous sommes pas nourries plus correctement, pas question d'entreprendre un trop long voyage. La douleur musculaire nous ralentirait et nous risquerions d'être encore à découvert au lever du jour. Ce qui ne nous laisserait pas la moindre chance de survie.*

Nous passions le coin d'une rue, traversant furtivement après un rapide coup d'œil pour rejoindre l'ombre de la rue suivante. Je restais silencieuse… je veux dire que je ne répondais même pas par la pensée.

Non loin de nous, j'entendis le bruit d'une musique étouffée, une boîte de nuit ! Alors c'était ça qu'elle recherchait. Pourquoi choisir un endroit aussi peuplé ? Le risque était énorme et si le but était de nous nourrir… quelle horreur ! … nous n'avions quand même pas besoin d'autant de … Je commençais à m'inquiéter sérieusement du but recherché par ma mère, mais elle me faisait tellement peur que je préférais ne pas la contredire une fois de plus.

Nous approchions en silence, restant le plus possible dans l'ombre.

La boîte de nuit était un bâtiment isolé au fond d'un grand parking mal éclairé. De ce fait, nous pûmes nous faufiler jusque-là sans être vues. Tapies dans le noir, ma mère me donna quelques conseils.

— *Je vais passer par le toit. Il doit certainement y avoir un accès quelconque. Si j'essaie d'entrer par une porte, je serai tout de suite repérée. Toi par contre, tu devrais encore pouvoir te faire passer pour une vivante.*

— *Et que devrai-je faire ?*

Mon cœur battait de plus en plus fort. J'espérais

pouvoir rester dans l'ombre attendant que ça passe, mais visiblement, elle avait d'autres projets pour moi. Et il n'était pas question de la contredire.

— *Tu devras repérer toutes les sorties. À mon avis, il devrait y avoir…*

Tout en m'expliquant le plan, elle scrutait le parking où nous étions cachées. Il me fallait d'autres vêtements, les miens étant couverts de sang. Après quelques minutes, un couple se présenta. Elle les attira dans le noir sans trop de difficulté grâce à sa voix féminine (ils se méfient moins). Elle leur brisa la nuque sans grande difficulté. Ils s'affalèrent sur le sol sans un bruit.

J'avais envie de vomir. Des monstres, des monstres, des monstres, c'est tout ce que nous étions devenues.

Je me changeai rapidement, essuyant le sang sur mon visage avec le pull du garçon. Ma mère mordit ensuite la jeune fille, but un peu de sang puis, s'essuyant la bouche, elle utilisa le sang pour rosir mes joues et me rendre ainsi moins livide. Je devais franchir la porte d'entrée comme un client normal, sans attirer l'attention. Mon teint grisâtre aurait sans aucun doute donné l'effet inverse.

Je me dirigeai vers l'entrée, à découvert, mon cœur battant à tout rompre. En temps normal, je pense que j'en aurais également eu des crampes d'estomac, mais ici rien. Tout mon corps ne fonctionnait sans doute plus correctement. Je me mis à penser à June.

Généralement, c'était avec elle que je fréquentais les boîtes de nuit. Où était-elle aujourd'hui ? Que faisait-elle ? Était-elle triste de ma mort ? Savait-elle que j'étais morte ? En fait, elle n'était peut-être même pas au courant. Mon père avait gardé ma mort tellement secrète que, si ça se trouve, elle n'en savait même rien. Oh ! June, tu me manques tellement. J'aurais bien besoin de toi en ce moment, pour m'accompagner dans cette macabre aventure.

À cette heure, la plupart des fêtards étaient déjà arrivés et je ne dus quasiment pas faire la queue pour entrer. Ce fut un premier soulagement.

Les portes passées, la musique était omniprésente. Je n'avais pas l'impression de l'entendre, plutôt la sensation qu'elle s'insinuait en moi.

J'évitais le regard des autres, me concentrant sur mes objectifs. Si par hasard mes yeux tombaient sur leur gorge, avec cette faim omniprésente en moi, je n'étais pas sûre d'arriver à me contrôler jusqu'au bout. La douleur m'envahissait également à nouveau... déjà ! Je voulais faire cesser cette douleur, mais rien n'était possible, seul le sang pouvait la calmer, j'en étais consciente à présent. La faim, la colère, la douleur, est-ce que mon quotidien allait se résumer à cela ? Une larme coula le long de ma joue, je ne cherchai même pas à l'essuyer. Dans la faible lumière, personne ne la remarquerait.

J'arrivai à la première porte de secours. Je devais en casser la poignée. J'étais persuadée de ne pas en avoir la force, mais ma mère semblait convaincue du contraire. C'était une de ces barres qu'il suffisait de pousser pour que la porte s'ouvre à la volée. Je l'empoignai à deux mains et la soulevai pour l'arracher. Heureusement pour moi, la musique couvrait sans problème le bruit du métal qui se tordait. Et en effet, ce fut presque sans effort que je tordis la barre.

Je me rendis ensuite vers la deuxième porte. Malheureusement, celle-ci était moins à l'écart que la première. Personne ne regardait dans ma direction, mais quelqu'un aurait pu se retourner à n'importe quel moment. J'aurais eu besoin d'une diversion, mais je n'avais pas la moindre idée de ce que je pouvais faire. Il aurait fallu que quelque chose se passe de l'autre côté de la salle pendant que je restais ici. Je décidai d'attendre un peu, au risque que ma mère perde patience.

Les gens dansaient et parlaient en hurlant tant la musique était forte. L'air était suffocant, chaud et empli d'une odeur de transpiration. Certains paraissaient en transe et d'autres avaient clairement trop bu. Je perçus alors une autre odeur dans l'air étouffant, mais je ne la reconnus pas tout de suite. Maintenant que je portais plus mon attention sur les gens, elle me sauta au visage comme un animal sauvage : l'odeur de nourriture. Ils n'étaient tous que de la nourriture !

Je sentis la colère puis, immédiatement, la rage me submergea. Ma respiration s'accéléra ainsi que les battements de mon cœur, me faisant atrocement souffrir. La rage décuplait ma faim et la douleur m'incitait à me nourrir pour la faire disparaître. Je ne pouvais plus décrocher mon regard d'une fille à quelques pas de moi, affichant un large décolleté, m'offrant inconsciemment sa gorge où ses veines se dessinaient au rythme des battements de son cœur.

J'étais en train de perdre tout contrôle. La faim me tordait les entrailles et un râle s'échappa de ma gorge, rauque, du fait de ma respiration incontrôlée. Fort heureusement, la musique en couvrit le bruit. Chacun de mes muscles me faisait mal et mon cœur m'arrachait une crispation à chaque battement.

Je devais calmer la douleur et la faim, y mettre un terme, rien d'autre ne pouvait plus s'imposer à mon esprit.

J'essayai de me concentrer sur autre chose. Je devais condamner la porte en tordant la poignée, ma mère attendait dehors, June devait être inquiète de ma disparition ou atrocement triste de ma mort... mais aucune de ces pensées ne me détachait de mon obsession. Tout mon corps me poussait à attraper cette fille et lui mordre la chair pour que le sang s'écoule à nouveau dans ma gorge et apaise immédiatement la douleur et la faim. Mais en même temps, cela me dégoûtait au plus haut point. Je n'étais pas un animal, ni un cannibale. Je devais lutter, je ne voulais pas, je ne pouvais pas...

D'un bond, je tombai sur la fille, mordant immédiatement la carotide pour sentir au plus vite le sang chaud se répandre dans ma gorge trop sèche. Elle tomba sous mon poids et sous le choc, me facilitant encore les choses. Son compagnon essaya de m'arracher à elle, mais lorsque je relevai la tête, la bouche pleine de sang, il recula d'un pas et s'enfuit en courant... lâche !

La douleur et la faim s'étant calmées d'un coup à l'apport de sang frais, je me souvins alors de ma mission. Oubliées les portes de secours, oubliée la porte d'entrée... mais il fallait au moins que je fasse entrer ma mère.

Je courus maladroitement vers l'étage et ouvris la porte à la volée. Alors qu'elle n'avait rien dit, je vis sur son visage la colère à la vue du sang sur ma bouche. Elle me bouscula pour entrer et regarda immédiatement la foule. Elle bondit alors vers la deuxième porte de secours, ayant vu que la poignée n'était pas forcée et la condamna comme je l'avais fait avec la première. Elle faisait preuve d'une incroyable agilité, comme un félin en chasse.

Elle bondit ensuite vers l'entrée et arracha un morceau de gorge d'un coup de mâchoire à l'un des deux videurs. Réagissant rapidement, le second lui asséna un violent coup de pied qui la fit tomber sur le côté. Avec une incroyable rapidité, elle se jeta sur lui, frappant de toutes ses forces. Je vis le cou du videur se briser brutalement. Il s'écroula sur le sol, mort sur le coup. Sans perdre de temps, ma mère condamna la porte.

Entre-temps, une cinquantaine de personnes étaient parvenues à sortir. Sur les autres, le piège s'était refermé tandis qu'ils essayaient vainement de forcer les portes de secours. Ma mère bondit pour les massacrer les uns après les autres.

Reprenant mes esprits, encore époustouflée de la vitesse et de l'agilité de ma mère, je réalisai ce à quoi j'avais participé. Je tombai à genoux, regardant impuissante la foule courir dans tous les sens alors que ma mère passait de l'un à l'autre, les immobilisant pour de bon.

Les cris de panique me vrillaient les oreilles, résonnant dans ma tête comme les cloches d'une église. Je venais de me fermer au monde, c'en était trop pour moi.

Des larmes coulèrent en abondance le long de mes joues, emportant une partie du sang avec elles.

Je me pris la tête entre les mains. Comment avions-nous pu en arriver là ? Qu'étais-je devenue ? Tant de morts !

La discothèque était plongée dans un bain de sang où bientôt tous les cris se turent pour céder la place à un silence pesant. Seules les lumières colorées continuaient de briller inlassablement.

Ma mère s'approcha de moi, traînant un homme à moitié évanoui. Je revins alors à la réalité et me souvins de ce qu'elle avait dit : « Emmener un corps dans notre cachette… et le dévorer. » Son choix s'était porté sur un m'as-tu-vu qui s'était mis à pleurer toutes les larmes de son corps. Il était sans doute encore en train de frimer quelques minutes auparavant et là… il se décomposait au bout du bras de ma mère.

— *Nous ne devons pas nous éterniser. La police ne va pas tarder et nous devons être loin quand elle arrivera. Par ta faute, une partie a pu s'échapper et les prévenir. Si nous étions arrivées à les enfermer tous, nous aurions peut-être gagné un peu de temps, mais maintenant ce n'est plus possible. Si on reste, on se fera prendre.*

— C'est tout ce qu'on mérite, dis-je en regardant le massacre. *Regarde ce que nous avons fait.*

L'instant suivant, je me retrouvais calée contre le mur. Je n'avais rien compris de ce qui s'était passé tant ma mère avait été rapide. Elle me tenait si fort les épaules que j'avais l'impression qu'elle allait me briser des os.

— *Il est temps que tu comprennes que tu ne peux pas jouer à l'enfant gâtée. On ne peut pas se le permettre. Ton erreur de ce soir aurait pu nous coûter très cher si je n'avais pas réagi rapidement. Est-ce que c'est compris ?* (Je ne répondis pas.) *Est-ce que c'est compris ?* insista-t-elle.

Je gardai le silence, tétanisée. Mes yeux tombèrent alors sur le jeune homme qui tentait de s'échapper. Sauve-toi ! Sauve ta vie ! Ma mère me lâcha brutalement, bondit sur le malheureux et l'assomma d'un coup en pleine tempe. Sans le moindre effort semblait-il, elle le déposa sur son épaule et se dirigea vers la sortie de secours qui donnait sur l'arrière du bâtiment, dans l'ombre devant le parking. D'un coup de pied, elle força la porte… et s'arrêta dans l'encadrement.

— *Alors, tu viens ?*

Toujours muette, je me mis en route pour la suivre.

Elle m'aurait tuée sans hésitation si je ne l'avais pas fait et de toute façon, mon esprit n'était plus capable de penser. Je n'étais plus qu'un robot qui suivait, un bon petit chien. Ma démarche ressemblait à celle des zombies que nous avions créés la veille et à plusieurs reprises ma mère dut me secouer le bras pour que j'avance.

Restant toujours dans l'ombre, nous effectuâmes un grand détour pour éviter les routes où les voitures de police, les camions de pompiers et les ambulances abondaient. Une éternité passa avant que nous arrivions… dans une maison abandonnée.

Comment avait-elle fait pour trouver cette maison ? Je pensais retourner au clocher, mais en y réfléchissant, après le massacre du curé, ça n'aurait pas été une bonne idée. Je présume que nous étions tombées sur cette habitation par hasard et qu'elle avait jugé que c'était suffisamment sûr. Je ne le saurai sans doute jamais.

Elle avait visiblement bien réfléchi à tout cela pendant sa détention. Je ne compris que plus tard, une fois mes esprits retrouvés, pourquoi elle avait bloqué la porte avec une chaise et arraché les rideaux : elle ne voulait pas prendre le risque qu'un mouvement quelconque ne vienne donner l'idée à quelqu'un d'inspecter la maison. La porte ne devait pas s'ouvrir inopinément avec le vent et les rideaux ne devaient pas bouger. Elle fit de même à toutes les fenêtres de la maison, s'assurant qu'elles étaient bien toutes fermées.

Elle déblaya silencieusement un passage dans la cave où un soupirail nous procurait un peu de lumière et nous permettait d'entendre ce qui se passait dehors afin de ne pas nous faire piéger bêtement. Chance pour nous, un vieux divan y trônait, sans doute depuis des années. Il nous offrirait le confort minimum.

Je m'assis et me contentai d'observer distraitement alors qu'elle s'affairait à nous protéger. Elle se déplaçait avec grâce, tel un félin, donnant l'impression que ses pieds ne touchaient pas le sol. Je la revis alors dans la boîte de nuit sautant d'une victime à l'autre, faisant preuve d'une incroyable agilité.

Peu après, elle alla chercher le garçon encore inconscient. Je m'étonnai à nouveau de sa force en la voyant soulever le corps inerte comme s'il s'agissait d'une vulgaire poupée. Elle le déposa délicatement sur le sol pour qu'il ne fasse pas de bruit en tombant. Il était encore en vie, je voyais son torse monter et descendre au fil de ses respirations.

Elle le déshabilla complètement et, sans l'ombre d'une hésitation, le mordit au cou, arrachant la chair sans effort. Le sang gicla par la carotide ouverte. Elle y plaça immédiatement la bouche pour ne pas en perdre une goutte.

Lorsque la pression diminua et que les giclées furent moins fortes, elle se releva l'air satisfait.

— *Nous devons manger*, me dit-elle par la pensée.

— *...*

— *Si tu ne manges pas, d'ici moins de deux heures la faim et la douleur réapparaîtront et tu subiras demain le même calvaire qu'aujourd'hui. Est-ce cela que tu veux ?*

— *...*

— *Tu n'as pas le choix. Si tu ne manges pas, tu nous ralentiras demain soir pour partir.*

— *Pourquoi partir ?*

— *On ne peut plus rester ici. Comme je te l'ai dit, cet endroit est pollué. Et notre deuxième attaque va les alerter encore plus. Si jamais un des survivants parvient à nous identifier, notre survie sera encore plus délicate. Tu peux comprendre ça ?*

— ...

— *Écoute, il faut que tu réagisses. Tu ne peux pas rester* amorphe *comme ça. Ressaisis-toi !*

— ...

— *Tu as l'impression que c'est sans issue, mais ce n'est pas le cas.* (Elle se releva et vint s'asseoir sur le divan près de moi.) *Dans toute vie il y a du bon à prendre et c'est sur cela qu'il faut se focaliser. Crois-tu que tu es la première à souffrir dans la vie ? J'ai souffert avant toi et du même mal. Mais je n'ai pas eu ta chance.*

Ma chance ! Je la foudroyai du regard.

— *Ne me regarde pas comme ça. Tu as la chance d'avoir quelqu'un comme moi à tes côtés. Quelqu'un qui peut te guider et t'expliquer. Moi, j'ai dû tout découvrir par moi-même et crois-moi, cela m'a pris des mois. Des mois de douleur physique et psychologique. L'important est d'abandonner toute attache avec ton ancienne vie. Une fois que tu y seras parvenue, tout ira...*

Je finis par sortir de ma torpeur et dans un sens, je crois que j'avais abandonné tout espoir. Elle pouvait faire ce qu'elle voulait, plus rien ne m'importait. Elle pouvait me tuer si ça lui chantait, je ne pouvais pas être plus morte qu'à l'instant même.

— *Abandonner quoi ? Pour abandonner quelque chose, encore faut-il avoir quelque chose. Et nous n'avons plus rien. Plus de maison, plus d'amis, plus aucun bien matériel. Nous ne pouvons plus communiquer avec personne puisque nous ne pouvons plus parler. Et nous nous décomposons physiquement. Alors dis-moi, que penses-tu abandonner ?*

— *Je ne sais pas...* répondit-elle. *Ici.*

— *Nous ne sommes pas ici, pas plus que là-bas. Nous n'avons plus d'ici ni de là-bas. Nous sommes mortes et sommes devenues autre chose...*

— *Oui*, m'interrompit-elle, *mais quelque chose de plus puissant.*

— *... et qui pourrit !* criai-je mentalement en la désignant. *Et quelle importance si c'est pour commettre des atrocités ?!*

— *Ton père et toi aimiez les philosophes. L'un d'eux, Lucrèce, disait :* « Lors donc qu'un homme se lamente sur lui-même à la pensée de son sort mortel qui fera pourrir son corps abandonné, ou le livrera aux flammes, ou le donnera en pâture aux bêtes sauvages, tu peux dire que sa voix sonne faux, qu'une crainte secrète tourmente son cœur, et à son insu peut-être il suppose que quelque chose de lui doit survivre. » *Ce qui doit survivre de nous, c'est ce que nous sommes.*

— *Et nous sommes quoi ? Crois-tu que nous soyons mieux qu'avant ? Tu veux du philosophe, très bien. Il y en a un, me semble-t-il, qui est parfaitement approprié :* « Tant que nous aurons le corps associé à la raison, notre âme sera contaminée par un tel mal, nous n'atteindrons jamais ce que nous désirons, car le corps nous cause mille difficultés par la nécessité où nous sommes de le nourrir. » *Aujourd'hui, nous sommes encore plus dépendantes qu'avant de ce corps puisque la faim est plus importante qu'avant et qu'il nous anime en permanence d'une rage quasi incontrôlable. Et voilà une autre citation, pas de Platon cette fois, mais de Voltaire :* « Quand on a tout perdu, quand on a plus d'espoir, la vie est un opprobre et la mort un devoir. » *Alors, dis-moi, en quoi notre vie aujourd'hui serait-elle plus enviable que notre vie d'avant ?*

— *Elle ne l'est pas,* me répondit-elle froidement. *Mais elle est tout ce qu'il nous reste. Crois-tu qu'elle ne vaille pas la peine d'être vécue ?*

— *Je le crois en effet. Nous allons nous cacher, fuir en permanence, avoir constamment faim, éprouver une douleur* quasi constante. C'est la définition même d'un fugitif qu'on torture. À une différence près. Un fugitif peut encore espérer une lumière au bout du tunnel. Mais pas nous. La fuite, le mal, la faim, notre décomposition ne s'arrêteront jamais quel que soit l'endroit dans le monde où nous nous réfugierons. Alors, dis-moi à ton tour, pourquoi continuer ?

— Parce que je ne veux pas que ça s'arrête ! J'ai peur du noir, du néant, de la mort...

Son corps en était désormais incapable, mais je suis persuadée à ce moment qu'elle aurait voulu pleurer. Je ressentis toute la tristesse de sa pensée comme un couteau qui me transpercerait le cœur. Elle était passée par où je passe aujourd'hui et elle avait raison, moi aussi j'avais peur de la mort.

Alors que les larmes me gagnaient à nouveau, je réfléchissais à notre condition... mais je n'y voyais aucune issue. Je n'arrivais pas à me dire, comme elle, que c'était ça ma nouvelle vie. Une vie d'horreur, de douleur et de sang.

— N'y a-t-il pas d'autre solution pour nous ?

— Que veux-tu dire ?

— Ne peut-on manger et boire autre chose et faire disparaître la douleur et la faim de sang ?

— Malheureusement non. Ton père a essayé. Toute autre nourriture nous inflige une douleur plus forte encore.

— Et si on ne mange pas, mais qu'on calme la douleur avec de la morphine ?

— Au début ça marche pour la douleur, mais la faim reste et finit par devenir incontrôlable.

— Au début ?

— Oui, après un certain temps, lorsque notre corps est trop décomposé je suppose, les antidouleurs nous infligent plus de mal encore. Je suis désolée, mais c'est sans issue.

— Quand meurt-on ?

— *Jamais*, répondit-elle après un long moment. *Du moins était-ce ce que ton père pensait.*

Je m'effondrai à nouveau, il n'y avait vraiment pas d'échappatoire.

— *Mais, on peut quand même mourir ?*

— *Oui. Seul notre cerveau continue à fonctionner à partir d'un certain moment. Pour l'instant, ton cœur bat encore, mais c'est le seul organe en dehors du cerveau. Tous les autres sont déjà morts et le resteront. Mais d'ici quelques jours, quelques semaines au plus, ton cœur s'arrêtera également, ne laissant que le cerveau actif. Je pense donc que si notre cerveau est détruit, nous mourrons.*

— *Alors c'est ça la solution.*

— *Ce n'est pas une solution ! C'est lâche !*

— *Pas pour moi !*

Voilà ce que je devais faire. Je devais détruire mon cerveau. Mais comment ? Ma mère ne m'aiderait pas. Je me mis à chercher un moyen dans le fatras de la cave où nous nous étions réfugiées.

— *Qu'espères-tu faire ?* me demanda-t-elle. *Tu veux en finir ?* (Je l'ignorais et continuais à chercher.) *Ce n'est pas si facile. Que crois-tu donc ? Des montagnes se sont agenouillées en pleurant devant la mort. Crois-tu avoir la force de passer à l'acte ? La mort n'est pas une issue, c'est juste la fin. Si c'est une issue que tu cherches, bats-toi pour la trouver.* (Je trouvai une barre de fer d'un centimètre à peine de diamètre, exactement ce qu'il me fallait. Ma mère haussait le ton.) *Là, tu ne te bats pas, contrairement à ce que tu crois, tu baisses les bras. Tu peux choisir de te battre, tu dois choisir de te battre.* (Je parvins à caler la barre entre deux meubles en chêne massif.) *Si tu abandonnes maintenant, c'est la fin. Il n'y a plus rien après et tu le sais, tu l'as déjà vécu. Le paradis n'existe pas, ce n'est que notre cerveau qui rêve pendant un temps. Puis, il s'éteint.* (Je me mis face à la barre. Je devais jeter mon front dessus avec toute ma force pour être sûre de ne pas me rater.) *Il s'éteint et c'est le néant. Le vide. Es-tu prête pour cela ?* (Sa voix se fit plus calme et froide dans ma tête.) *C'est maintenant que tu vas le savoir.*

Elle se tut et un silence pesant envahit la cave. Je me retrouvais face à moi-même, seule à décider. Et c'était ce qu'elle voulait. Ses paroles résonnaient dans ma tête, elle avait raison, mais je voulais que ma volonté reste la plus forte. Les secondes s'écoulaient, semblant des heures. Je repensai à tous les événements récents, à l'horreur de nos actes, mais je vis également les bons moments avec June et nos amis, avec mon père. Détaillant ma mère, je passai également en revue tous ces moments avec elle, avant sa mort, où nous avions été si heureux tous les trois. Devais-je mettre fin à ces souvenirs également ou m'y raccrocher comme à une bouée ? Je ne voulais pas les perdre, mais je ne voulais pas non plus continuer la vie qui était la mienne à présent. Je voyais la barre de fer devant moi, inerte et pourtant si agressive... si définitive. Je n'avais qu'un geste à faire, un seul, et tout serait fini. Je serais libérée. Je poussai un râle morbide pour me forcer à le faire... et tombai à genoux en pleurant.

J'en étais incapable.

— *Les plus grandes montagnes se sont agenouillées devant la mort en pleurant,* répéta ma mère. *À présent que les choses sont fixées, je suis obligée de vérifier si nous allons devoir tuer quelqu'un dans les minutes qui viennent.*

Je relevai la tête pleine de larmes.

— *Et ce sera de ta faute, tu n'aurais pas dû hurler de la sorte. Si quelqu'un t'a entendue et que nous sommes découvertes, nous devrons sans aucun doute tuer pas mal de monde pour nous en sortir.*

Mon regard projeta vers elle toute la haine que je pouvais éprouver à son égard et à l'égard de mon père qui avait créé de telles abominations.

Soudain, elle se leva et avança à pas rapides vers moi. Je tombai assise, comme pour lui échapper, mais sans reculer pour autant. La peur que j'éprouvais à son encontre et qui avait disparu pendant quelques minutes, refit surface en une seconde, me paralysant tout entière.

Elle m'empoigna et me traîna sur le sol, sans se soucier un instant du mal que cela pouvait me faire. Elle saisit une corde au passage. Arrivée près d'une colonne de soutènement, elle me lâcha violemment. Ma tête heurta le béton et je perdis presque connaissance. Ma vue se brouilla, mais je la distinguais encore, m'attachant à la colonne. Elle serra si fort les liens que j'eus l'impression qu'ils m'entaillaient la peau à travers les vêtements.

— Qu…, essayai-je de parler oubliant que ce n'était plus possible. *Qu'est-ce que tu fais ?*

— *Ce qu'il faut ! Maintenant que tu as eu ta chance pour essayer ta méthode, on passe à la mienne. C'est comme ça qu'ils ont fait avec moi, ton père, mon soi-disant mari, et ses acolytes. Si ça a marché pour moi, ça marchera pour toi.*

Elle commença par placer le cou du cadavre au-dessus d'un récipient afin que le sang finisse de s'écouler dedans. Puis elle monta dans la maison en emportant une vieille couverture. Je n'entendis rien, mais quelques instants plus tard, elle redescendit, un morceau de verre à la main. Elle entreprit alors de découper la chair du cadavre.

Je perdis connaissance.

Plusieurs heures avaient dû s'écouler avant mon réveil, car tout mon corps me faisait atrocement souffrir. La douleur due au manque de nourriture était de retour. J'étais comme une toxico en manque. La faim me tenaillait tout le corps et une seule idée s'imposait à mon esprit : boire du sang.

Ma mère avait dû voir que je me réveillais, car lorsque j'ouvris les yeux, elle était accroupie devant moi. Je sursautai en la voyant. J'avais presque oublié à quel point son visage partiellement décomposé était horrible. Elle m'observait avec un sourire vraiment flippant.

— *Tu as faim ?* me demanda-t-elle connaissant parfaitement la réponse. (Je restai silencieuse.) *Bien sûr que tu as faim. Tu en veux ?*

Elle tendit un morceau de chair sous mon nez. Immédiatement, ma faim se décupla et la colère m'envahit. Elles allaient à nouveau prendre le contrôle de mon corps. Je voulus me jeter sur la viande... mais je parvins cette fois à me retenir et détournai la tête. Tous mes muscles étaient tendus et me faisaient atrocement souffrir, mais pas question cette fois de me laisser dominer, je tiendrais bon.

Quelque chose avait changé en moi, mais j'ignorais quoi. Les heures qui passaient me permirent de reprendre possession de toutes mes facultés intellectuelles et grâce à cela, j'arrivais à lutter.

Mais combien de temps ?

Ne rien manger ni boire équivalaient à me torturer sans discontinuer. Je n'étais pas un soldat entraîné, je n'étais qu'une adolescente qui s'était retrouvée bien malgré elle dans une histoire insensée.

Combien de temps ?

Je vis subitement le visage de ma mère changer. Son

sourire disparut pour afficher une mine dure empreinte de colère. Pourtant, ce qu'elle me dit par la pensée paraissait tellement calme.

— *Tu es incroyablement forte. Cela fait à peine deux jours que tu es réveillée et déjà tu parviens à résister. Tu dois avoir quelque chose d'exceptionnel en toi pour arriver à cela. Ton père avait peut-être raison. Mais malheureusement, cela ne changera rien au bout du compte.*

Elle saisit ma mâchoire et la pressa de ses doigts pour m'obliger à ouvrir la bouche. De son autre main, elle saisit le bol de sang et en versa. Je n'eus d'autre choix que d'avaler. J'essayai bien de recracher, mais très vite du sang pénétra dans ma gorge malgré moi et l'envie d'en avoir plus, toujours plus, prit rapidement le dessus sur ma volonté. Je me mis dès lors à boire goulûment, sentant le sang salvateur apaiser ma douleur et ma faim autant qu'il me dégoûtait. Je ne pouvais plus m'arrêter.

Avant que je ne puisse réagir, ma mère m'avait enfoncé un morceau de chair dans la bouche. À cet instant, je ne contrôlais plus rien et je me mis à mâcher. La sensation de libération était plus intense encore qu'avec le sang. Lorsque j'avalai, tout mon corps fut comme libéré : plus de faim, plus de douleur, plus de colère, mais au contraire, un doux sentiment de plénitude.

À peine repris-je mes esprits qu'elle en plaçait un deuxième, puis un troisième. Si elle n'avait pas stoppé d'elle-même au cinquième morceau, j'aurais été incapable de m'arrêter et j'aurais pu dévorer tout le reste du corps.

L'instant d'après, elle coupait mes liens avec le morceau de verre.

— *Maintenant, cela fait partie de toi et jamais plus tu ne le rejetteras.*

Elle se leva et alla s'asseoir dans le divan.

Je restai prostrée contre la colonne, me rendant progressivement compte de ce que je venais de faire : manger de la chair humaine !

Je m'effondrai en larmes, de honte.

Ma mère n'avait aucune pitié, elle était bien décidée à faire de moi le monstre qu'elle était devenue. Peut-être avait-elle de bonnes raisons d'agir ainsi. Ses années de captivité dans le laboratoire de mon père avaient dû être une véritable torture, mais je ne pouvais me résoudre à devenir comme elle. Pas moi !

Je ne savais pas encore quel tournant ma vie allait prendre, mais je savais que je ne la passerais pas à ses côtés si je pouvais en décider autrement.

Je devais fuir !

Trop sûre d'elle, elle ne me regardait même plus. Elle était persuadée qu'à présent, après avoir mangé de la chair humaine, j'allais, comme elle, accepter mon état.

Hors de question !

Je regardai autour de moi et trouvai une bûche épaisse. Je la saisis discrètement et me levai doucement.

J'allais fuir !

Je m'approchai d'elle lentement, le regard sévère et décidé. Elle releva la tête vers moi et partit d'un rire dément en me voyant tellement en colère contre elle.

— *Je comprends ta colère, j'ai ressenti la même il y a deux ans. Elle passera comme le reste.*

Je frappai aussi fort que possible. Sa tête pencha si violemment sur le côté que je crus lui avoir brisé le cou. Elle tomba inerte dans le divan. Je ne savais pas si je l'avais tuée et ne m'attardai pas pour le confirmer. Je courus à l'étage et m'enfuis de cet enfer.

Grâce à elle, je n'avais plus mal nulle part. Même si elle m'avait forcée à manger et que cela me dégoûtait, je devais reconnaître qu'elle m'avait aidée à m'enfuir.

Je parcourais les rues sombres de ce quartier pourri de la ville en veillant à toujours rester dans l'ombre malgré la nuit opaque. Je crois que c'était plus pour copier la méthode de ma mère que pour être réellement prudente.

Et puis j'avais peur. Tous les élèves savaient que ce quartier devait être évité, même en voiture. Et moi, je m'y baladais à pied, la nuit. Toutes les ombres me semblaient une menace et la moindre chauve-souris qui passait au-dessus de ma tête dans un bruit furtif me faisait bondir. À plusieurs reprises, j'eus l'impression que quelqu'un me suivait. J'avais même l'impression qu'une ombre se cachait lorsque je me retournais rapidement. Mais il était plus que probable que ce n'était qu'une lubie créée par la peur.

Je continuais d'avancer en espérant parvenir dans un meilleur quartier rapidement. Quelques rues plus loin, je fus arrêtée par quelqu'un qui m'appelait.

— Eh, mademoiselle. Qu'est-ce que vous faites dehors à cette heure-ci ?

Je ne répondis naturellement pas puisque je ne savais plus parler. J'essayai bien de lui répondre par la pensée, mais le jeune homme ne m'entendit pas. Avec un copain, assis sur le pas de la porte d'une maison, ils fumaient un joint. L'odeur était forte bien que je me tienne à plusieurs mètres d'eux.

Je regardai autour de moi, non pour chercher qui m'appelait, mais pour voir si quelqu'un aurait pu m'aider. Au détour d'un mur, je vis à nouveau l'ombre se cacher, mais j'avais sans doute rêvé.

— Ici, mademoiselle ! C'est moi qui vous appelle.

Il se leva puis, avant de venir vers moi, il donna un ordre que je n'entendis pas à son copain. Ce dernier rouspéta, mais une claque derrière l'oreille le ramena rapidement à la raison. Il se leva à son tour et entra dans la maison. Le jeune homme s'approcha de moi.

Peut-être aurais-je dû fuir, mais je n'y pensais pas, tétanisée par la peur. Et de toute manière, cela n'aurait servi à rien, il courait certainement plus vite que moi.

— Mademoiselle, vous allez bien ? (Je restais silencieuse et le regardais apeurée.) Vous devez avoir froid avec si peu de vêtements sur le dos.

Je n'y avais plus pensé, mais je portais toujours les vêtements « volés » pour entrer dans la boîte de nuit, un top foncé, moulant, avec des manches courtes et une jupe à peine plus longue. À cette période de l'année, les nuits devenaient plus froides et le garçon avait raison, j'aurais dû me les geler, mais je n'avais pas froid, pas du tout. Ce devait être un des avantages de ma nouvelle condition.

Je continuais à le regarder, terrifiée. L'instant d'après, son copain sortit en trombe de la maison accompagné de deux autres, plus jeunes.

— Pourquoi ne dites-vous rien ? me demanda-t-il en tendant le bras vers moi.

Je fis un pas en arrière pour qu'il ne puisse pas m'attraper et aussitôt, il leva les mains vers le ciel.

— Pardon. Je ne voulais pas vous faire peur. Vous savez, il ne faut pas croire tout ce qu'on dit sur les jeunes du quartier, nous ne sommes pas tous des délinquants. (Il tendit la main vers son copain… ou son frère, qui sait, et ce dernier lui donna un genre de pull.) Tenez, il vaut mieux vous habiller un peu. (Je n'osais le prendre.) Écoutez, avec ce froid, vous avez besoin d'un pull et en plus, il ne faut pas vous balader comme ça dans les rues. Vous êtes très belle, et certaines choses qu'on dit sur nos quartiers sont quand même vraies. Prenez !

Timidement, je tendis la main pour prendre le pull. Il paraissait gentil finalement et sa voix semblait sincère. Dans d'autres circonstances, je pense que j'aurais même pu m'intéresser à lui. Mais pour l'instant, il me faisait toujours peur et les trois autres qui me détaillaient de haut en bas n'arrangeaient rien. Je serrai le pull contre moi, il avait l'air bien chaud.

— Vous devriez rester chez nous cette nuit, il n'est pas prudent de se balader seule. (Je reculai d'un pas l'air plus effrayé encore.) D'accord, mauvaise idée. Pardon. Écoutez, je crois que rien ne pourra vous faire sentir plus en sécurité, et je n'ai pas l'intention de vous forcer à rester. Alors faites ce que vous voulez, je vous souhaite bonne chance et ne vous inquiétez pas pour le pull, si l'envie vous en prend un jour, vous n'aurez qu'à me le ramener. Sinon, il est à vous.

Je signai « oui » de la tête pour le remercier et commençai à m'éloigner. Ils ne firent pas un geste et s'éloignèrent à leur tour pour rentrer chez eux. J'aurais pu accepter leur invitation, ils avaient prouvé qu'ils n'avaient pas menti, mais j'avais encore trop peur. Je préférais reprendre ma route.

Heureusement pour moi qu'il faisait nuit, les quatre jeunes n'avaient pas remarqué mon teint livide et le sang sur mes vêtements sombres.

J'enfilai le pull à capuche et me couvris la tête. Ainsi, je me fondrais davantage dans le décor.

Je réalisais seulement à cet instant le risque que j'avais pris. Pas pour moi, mais pour eux. Si la faim s'était déclarée, j'aurais pu leur sauter à la gorge et toute cette gentillesse leur aurait coûté la vie. La chair humaine m'avait totalement rassasiée, mais pour combien de temps.

Je sortis sans encombre du quartier et deux heures plus tard, j'arrivais dans mon *ancien* quartier.

Je refermai un peu plus la capuche afin qu'on ne puisse pas me reconnaître même si c'était peu probable à cette heure-ci. Dans une des rues, j'avais pu voir qu'il était presque trois heures. Il ne devait donc pas être plus de quatre heures à présent. Le quartier était désert mais je ne voulais pas courir le moindre risque. Je me demandais d'ailleurs ce que les gens savaient. Me croyaient-ils morte ou disparue... ou en vacances ? Et mon père, savaient-ils qu'il était mort et comment ? Comment réagiraient-ils en me voyant ?

Trop de questions. Il valait mieux pour moi rester cachée pour l'instant.

Pourquoi étais-je revenue ici, dans mon ancien quartier ? Par réflexe sans doute. Je ne savais pas très bien quoi faire et mon esprit encore trop embrouillé n'était pas à même de me guider correctement. Je présumai donc que j'étais tout naturellement revenue dans un endroit familier.

La question restait de savoir ce que j'allais y faire maintenant.

J'arrivai devant ma maison, rien n'avait changé. La pelouse avait un peu poussé. Au et beau milieu de la nuit, la demeure semblait pareille à n'importe quel autre jour quand nous étions là avec mon père et que nous dormions tout simplement. Mais à présent, mon père était mort... et moi aussi. Peu avant cette nuit, j'aurais pu dire que j'errais comme un zombie, mais cette phrase prenait un tout autre sens à présent. L'image était devenue réalité.

J'étais seule.

Depuis plusieurs mois, l'ampoule du réverbère face à la maison clignotait de manière irrégulière. Nous répétions inlassablement avec mon père qu'elle ne tarderait pas à s'éteindre définitivement, mais elle était toujours là. Je souris à ce souvenir.

À gauche et à droite, la rue continuait son chemin, éclairée par les cônes de lumière des réverbères. Il n'y avait personne, pas un mouvement, même pas un chat noir pour traverser la route. Tout était parfaitement immobile. Je me retrouvais dans un moment figé du temps où plus rien n'évoluait. Si la lampe ne clignotait pas, j'aurais pu croire à une photo.

Il émanait une telle solitude dans le quartier, c'en était pesant. Je ne voyais pas ce que j'allais pouvoir faire et une seule idée s'imposa à moi. Comme elle ne se battait avec aucune autre, je ne la remis pas en question et me dirigeai sans attendre vers la maison de June.

J'avais presque oublié à quel point June avait le sommeil lourd, car il fallut pas mal de cailloux à sa fenêtre pour qu'elle se réveille. Je commençais d'ailleurs à en manquer. Heureusement pour moi, la chambre de ses parents était à l'opposé de la villa.

Lorsque la lumière s'alluma, mon cœur s'emballa. J'espérais au plus profond de moi qu'elle réagirait bien, mais rien n'était moins sûr. Je sentais les larmes piquer mes yeux, le bonheur de la revoir se mélangeant à l'appréhension qu'elle me rejette de peur.

— Qui est là ? demanda-t-elle à haute voix.

Ne pouvant parler, je me contentai d'enlever ma capuche.

— Oh bord… Tu n'es pas… Tu es…

Je lui fis signe de ne pas faire de bruit et de descendre immédiatement.

Elle se mit à pleurer en fermant la fenêtre et disparut presque aussitôt. Je me mis également à pleurer, ne pouvant plus contenir mon émotion. Je regardai autour de moi en remettant ma capuche pour contrôler si quelqu'un avait pu me voir et je crus distinguer encore une fois l'ombre m'observer… mais ce n'était qu'une ombre, je devenais complètement parano.

La porte d'entrée s'ouvrit et June sortit. Elle courut vers moi et me prit dans ses bras en pleurant. Je la serrai et pleurai avec elle. Toutes les deux, nous avions cru ne jamais revoir l'autre.

— Laisse-moi te regarder !

Mais je retins ses mains.

Je signai « non » du doigt et l'enjoignis à nous faire entrer.

— Tu es morte dans un accident de voiture, dit-elle, c'est ce que le directeur a dit à l'école.

Je suis désolée, aurais-je voulu lui dire, mais je ne pus que placer mes mains sur mon cœur.

— Mais qu'est-ce qui s'est passé ? Cela fait plus d'une semaine que je pleure toute seule dans ma chambre et d'un coup, tu réapparais. C'est une blague ou quoi ? dit-elle plus fort.

Je lui signifiai de ne pas faire de bruit en mettant ma main sur sa bouche et demandai à nouveau pour rentrer.

— Oui, mais tu me fais peur là, qu'est-ce qui se passe ?

Sa chambre fut notre destination directe et je plongeai immédiatement sur sa lampe de chevet pour l'éteindre.

— Qu'est-ce que tu fais ?

Je plongeai vers sa table de nuit et empoignai son journal intime.

— Eh, qu'est-ce que tu fais ?

J'insistai encore d'un signe pour qu'elle ne fasse pas de bruit et pris son crayon pour commencer à écrire, mais elle m'interrompit.

— Je m'en fous, tu es là, c'est le principal.

Elle me prit à nouveau dans ses bras et nous fondîmes en larmes. C'était un tel soulagement de pouvoir la serrer encore une fois, je l'aurais bien embrassée... mais ça c'était dans mon rêve.

Quelques secondes plus tard, nous nous séparâmes et elle s'assit sur le lit. Elle voulut allumer la lampe, mais je l'en empêchai.

— Pourquoi tu... Mon Dieu, que ta main est froide !

Je pris son carnet et commençai à écrire que je ne savais plus parler. Mais il faisait trop sombre, je n'arrivais pas à écrire distinctement et elle n'aurait pas pu lire. Je remis dès lors ma capuche et rallumai sa lampe de chevet que je tournai vers elle pour me laisser dans l'ombre. Lorsqu'elle lut ma première phrase, elle se contenta de me regarder dubitative, me prenant visiblement pour une folle.

Ma phrase suivante devait servir à la mettre en garde :

/ va te sembler complètement fou.

— Ça je m'en doute, tu es censée être morte dans un accident de voiture et...

/ et c'est vrai !

Je l'avais clouée sur place. L'espace d'un instant, je me rappelai nos nombreuses discussions d'où elle sortait généralement vainqueur et bien que le moment était très mal choisi, j'éprouvais une certaine satisfaction d'être arrivée à la laisser sans voix. Mais tout de suite, je devais revenir à la réalité.

/ difficile à croire, nulle part où aller.

— … tu as bien fait de venir ici. Où aurais-tu bien pu aller de toute façon ?

Je la remerciai d'un signe de la main sur le cœur. Je sentais la tension monter en moi et je ne savais absolument pas par où commencer. Je tournais en rond dans sa chambre, cherchant comment attaquer cette histoire complètement démente.

/ sais quoi de ma mort ?

— Le dirlo nous a dit que tu étais morte avec ton père dans un accident de voiture… le jour où il est venu te re-chercher ici. Manifestement, c'était une blague de très mauvais goût.

/ non, partie vrai.

Je venais de trouver mon point d'entrée pour lui expliquer.

— Une partie… ?

/ Oui, suis morte dans l'accident. (Elle voulut inter-venir mais je l'en empêchai.) Écoute jusqu'au bout. (Elle s'assit sur son lit.) Les questions, après.

Plus j'écrivais, plus elle s'énervait, mais elle respectait ma demande et ne m'interrompait pas. À certains moments, j'aurais voulu la frapper une bonne fois pour qu'elle se tienne tranquille, mais le moindre geste de violence risquait d'agir comme un déclencheur pour ma colère et ma faim.

Je parvins à garder mon calme et, à mon grand regret, je devais remercier ma mère… pour m'avoir fait manger.

Je ne sais pas combien de temps j'ai écrit, une heure, deux, aucune idée. Les pages du carnet de June se remplissaient. Elle parvint tout de même à rigoler lorsque je lui racontai mon rêve et notre… relation.

J'avais décidé de ne rien omettre. Mais au fur et à mesure, alors que cela devenait de plus en plus sordide, je la voyais devenir complètement folle.

J'en arrivais à l'épisode où ma mère mangeait un morceau du cadavre dans la cave de notre cachette.

/... apparemment, c'est la seule chose qu'on peut encore manger, le reste est du poison, mais...

— Stop ! Stop ! Stop ! C'est trop ! Comment veux-tu que je croie à cela ? C'est complètement ridicule.

Et je la comprenais, je n'y aurais sans doute pas cru non plus et j'espérais toujours me réveiller d'un mauvais rêve. Je devais donc lui montrer. Je lui fis signe de s'asseoir.

— Non, tu ne vas pas...

Je la poussai pour qu'elle tombe assise sur son lit. L'instant d'après, j'allumai la lampe. Lorsque ses yeux furent accoutumés, j'enlevai ma capuche. La stupeur sculpta son visage à la vue de mon teint cadavérique et du sang qui recouvrait encore ma bouche.

Mais une fois la surprise passée, elle restait méfiante. Elle se leva d'un coup et me saisit le visage pour le frotter de ses pouces. Je la laissai faire quelques secondes.

— C'est du maquillage, tu te moques de moi ! dit-elle paniquée.

Mais lorsqu'elle constata que le *maquillage* ne partait pas, ses doigts devinrent hésitants et les larmes la submergèrent. Elle frotta ensuite le sang sur ma bouche et le porta à son nez. Je lus toute l'horreur dans ses yeux. Je la repoussai doucement pour la faire reculer d'un pas, puis enlevai le pull que les quatre jeunes m'avaient donné. Elle vit alors le sang sur mes autres vêtements. À cet instant, je crois que c'est mon air triste qui l'empêcha de partir en courant. Elle tomba en arrière pour se retrouver assise, les bras ballants. Elle releva des yeux rouges de larmes vers moi.

— Ma chérie, qu'est-ce qu'ils t'ont fait ? Et... Et... Et est-ce que tu sais... quoi... maintenant ?

Elle n'arrivait plus à parler tant la tristesse et peut-être la peur la perturbaient. Et je ne savais pas trop quoi répondre.

/ Je n'ai plus d'existence, plus de famille et à part toi, je n'ai pas d'amie... M'aideras-tu ?

Elle ne savait pas quoi répondre et restait prostrée, le regard dans le vide.

/ Tu es toujours là pour moi ?!

— Je... Je ne sais pas... qu'est-ce que je pourrais faire ? C'est trop pour moi, c'est trop irréel. (Elle se leva et tituba jusqu'à la fenêtre où elle tomba assise, la tête entre les mains.) Je vais me réveiller...

J'agitai frénétiquement son journal intime devant ses yeux.

/ Tu avais dit que tu serais toujours là pour moi. Tu l'as dit plusieurs fois, sur notre banc devant l'école. Tu n'as pas le droit de me laisser tomber.

— Je sais mais... je...

/ Tu n'as pas le droit de m'abandonner. Tu dois m'aider !

— Je... Je...

Elle était perdue, incapable de réfléchir.

La dernière ancre qui me retenait encore au monde venait de lâcher. Tout s'effondrait, il ne me restait plus rien... ni personne. J'aurais dû m'en douter en venant ici, mais je ne savais pas où aller.

Je remis mon pull, enfouis lentement ma tête dans la capuche, puis tournai le dos et sortis de la chambre. Ma démarche était lente... à l'abandon.

— Attends ! lança-t-elle doucement alors que

j'arrivais dans le couloir. Je... Je ne sais pas comment réagir, c'est tellement... tellement... ne m'en veux pas.

Je repris ma marche.

— Attends ! dit-elle à nouveau en se levant. Laisse-moi un peu de temps pour reprendre mes esprits. Je ne vais pas te laisser tomber mais là, je n'arrive pas à réfléchir pour t'aider. Euh... attends... est-ce que tu serais d'accord de rester dans la cave jusque demain, je... j'irai à l'école et cela me donnera le temps de réfléchir. Quand... quand je rentrerai, on discutera et... on verra si on peut faire quelque chose. Tu veux bien ?

J'opinai du chef avec bonheur.

Elle m'accompagna jusqu'à la cave en prenant au passage une couette et un oreiller. J'allais dormir sur le divan de son père, dans sa cave privée où il entreposait sa collection de bandes dessinées. Normalement, comme il n'y allait presque plus et que personne d'autre ne pouvait y mettre les pieds, je ne devais pas être dérangée jusqu'au retour de June.

Mais au matin, June ne partit pas à l'école, j'aurais dû m'en douter. Elle débarqua dans la cave, les yeux cernés et rougis par les larmes. Elle avait dû passer le reste de la nuit à se demander ce qu'elle allait faire, comme moi. Et à sa place… je ne sais pas non plus ce que j'aurais fait. La situation était beaucoup trop abracadabrante pour s'en faire une idée claire.

De mon côté, je n'étais pas parvenue à réfléchir à mon futur : la faim était revenue. D'abord faible, une simple envie que j'écartai comme avant lorsque j'avais envie d'une barre de chocolat qui me tomberait immédiatement sur les fesses. Mais plus les heures passaient, plus l'envie se transformait en besoin puis en nécessité. Elle devint finalement si forte qu'une intense douleur s'empara de tout mon corps, immédiatement suivie de la colère.

Ça recommençait !

Lorsque June entra dans la cave, j'étais prostrée sur le divan. Je levai la main pour l'arrêter et balayai l'air pour lui dire de partir. Mais elle ne comprit pas… ou ne voulut pas comprendre, et s'approcha de moi. Lorsqu'elle arriva devant le divan, je fus immédiatement attirée par ses veines qui noircissaient à ma vue et m'appelaient irrésistiblement.

June vit à mon visage que quelque chose n'allait pas mais ne pouvait pas comprendre ce qui se passait, car elle ne pouvait faire le lien avec tout ce que je lui avais raconté la veille… Et pourtant.

— La faim ?

Elle avait compris ! Sans doute avait-elle lu et relu son journal toute la nuit.

— Que puis-je faire ?

Je balayai l'air du bras pour lui enjoindre de partir, je ne voulais pas lui faire de mal, mais bientôt, j'allais perdre le contrôle. Sans rien dire, elle sortit de la pièce en courant. Je me sentis soulagé… pendant un instant… car la faim n'allait pas disparaître toute seule et tant que je resterais ici, je mettrais June et sa famille en danger.

Ma mère avait raison. Je ne pouvais plus me permettre de vivre parmi les gens normaux, mais je ne voulais pas non plus retourner vivre avec elle, pas selon son mode de vie, c'était au-dessus de mes forces.

Quelques instants plus tard, June réapparut avec un carton dans les mains. Je m'agitai encore plus pour la faire partir, sentant plus encore l'envie de la dévorer s'emparer de tout mon corps. Mais elle ne réagit pas et déposa la caisse près de moi.

Passant outre la douleur musculaire qui m'envahissait, je jetai un coup d'œil. Dans le fond de la boîte, il y avait un plateau contenant des morceaux de steaks crus baignant dans leur sang.

Je relevai la tête vers elle, ses veines m'imploraient de venir les déchirer.

Je signai « non » de la main, tremblante de tout mon long.

— Je sais, me dit-elle, j'ai relu des dizaines de fois

ton histoire. Mais tu n'en es pas sûre. Ta mère t'a dit que c'était nocif mais en es-tu certaine ?... Et nous n'avons pas d'autres solutions, car je n'ai pas de viande humaine dans le frigo.

J'hésitai un instant... mais elle avait raison. Et si ça marchait ? Comme dans les films de vampires où les gentils vampires se nourrissent d'animaux. Tous mes problèmes seraient résolus, je pourrais revivre normalement... en quelque sorte.

Les morceaux de viande ne m'attiraient pas du tout. Ils dégageaient une odeur nauséabonde comme s'ils étaient avariés depuis des semaines... Or, ce ne pouvait pas être le cas, pas chez June.

Je saisis un morceau et fermai les yeux. Si je devais le manger, il me faudrait me lancer d'un coup, sans réfléchir. Je repensai à cette émission que j'avais vue il y a quelques mois où des gens, je ne sais plus où, mangeaient des œufs où le poussin était déjà développé à l'intérieur. Dégueu !

Je mordis dans la viande, ce qui provoqua immédiatement un haut-le-cœur, et mâchai le plus vite possible. Le sang qui coulait me brûlait la langue et la gorge, provoquant une intense douleur... mais je devais aller jusqu'au bout. Le plus vite possible, j'avalai cette horreur nauséabonde. La sensation de brûlure devint de plus en plus forte, comme si le sang et la chair me consumaient de l'intérieur. Je me tordais de douleur sur le sol tentant de recracher. À bout de forces, je décidai de m'enfoncer les doigts dans la gorge pour me faire vomir. Un instant plus tard, je régurgitais dans la caisse.

La brûlure perdura encore quelques secondes puis finit par disparaître.

Ma mère ne m'avait pas menti, toute autre

nourriture que... humaine... m'était interdite et cette dernière se révélait en plus être une véritable drogue.

June me donna à boire un verre d'eau... le résultat fut le même, voire pire encore. Elle voulut s'approcher de moi mais je me levai d'un bond et la saisis par les épaules. Je vis la peur s'inscrire au burin sur son visage, jamais je n'avais vu une telle frayeur dans les yeux de quelqu'un. Si elle n'avait pas été aussi forte mentalement, elle se serait certainement évanouie. À cet instant, je devais ressembler à une démente, mon visage rendu encore plus horrible par mon teint livide et le sang de la viande qui devait me dégouliner de la bouche.

Je la poussai violemment sur le côté en direction de la porte et battis à nouveau l'air de la main pour l'enjoindre à sortir au plus vite. Cette fois, elle obtempéra sans discuter mais son corps tremblait de tout son long et elle pleurait.

Elle ferma la porte derrière elle et j'entendis la clé tourner deux fois... C'était mieux ainsi.

Dès qu'elle fut sortie de la pièce, ma faim se calma... mais pas la douleur, une douleur viscérale qui attaquait chaque partie de mon corps. Je m'effondrai en pleurant sur le sol, je n'en pouvais plus de cette souffrance et de cette faim incessante, comme une droguée accro, j'avais besoin de ma dose. Je voulais que tout cela s'arrête, je voulais retrouver ma vie d'avant, mes amis, mon GSM, ma télé. Je voulais retourner à l'école et m'ennuyer sur les bancs à écouter les profs débiter leur cours en espérant faire de nous des adultes responsables. Je voulais revoir mon père et lui dire d'arrêter ses recherches, de ne pas m'injecter ce sérum et que nous recommencions à nous endormir sur le canapé en récitant les philosophes. Je voulais être avec June, même si je savais pertinemment que cela n'avait été qu'un rêve.

Prostrée sur le sol, je luttais contre la douleur et la faim, tentant de réfléchir malgré tout à ma situation mais pour l'instant, je n'y voyais aucune issue. Même ici, dans la cave de June, qu'allais-je faire ? Rester là à avoir faim et mal en permanence ? D'ici peu, je me jetterais sans aucun doute sur elle ou toute personne qui rentrerait dans la pièce... Ça finirait immanquablement par arriver.

Je n'avais pas d'autre option... que la mort, mais là aussi, l'impasse. Je ne trouvais pas le courage de me tuer et personne ne le ferait pour moi... à moins que ! Et si je me livrais à la police. Devant quelques policiers, je n'aurais qu'à en attaquer un pour que les autres me tuent... et fini !

Voilà ce que je devais faire, voilà tout ce que je pouvais faire, voilà tout ce que j'avais à faire.

Après quelques heures de réflexion, me sembla-t-il, je me décidai à me lever. Je devais partir d'ici, me rendre au commissariat et je devais le faire de jour, lorsqu'une majorité d'agents seraient présents. J'espérais me contrôler suffisamment pour ne pas sauter sur la première personne venue.

Pour cela, je devais partir tout de suite, car plus j'attendais, plus la faim me dominerait.

Faites que June soit partie ou enfermée dans sa chambre, je ne dois la croiser sous aucun prétexte.

Lorsque je tentai d'ouvrir la porte, elle était naturellement fermée, June avait tourné deux fois la clé, je m'en souvenais à présent. Mais je me souvins également que mes forces étaient décuplées, peut-être arriverais-je à la défoncer.

Je reculai d'un pas et portai un violent coup de pied

au niveau de la serrure. La porte s'ouvrit sans difficulté, arrachant une partie du chambranle dans un bruit effroyable. Je titubai vers l'escalier, luttant contre la douleur qui ralentissait chacun de mes pas, je me traînais. Monter l'escalier fut encore plus éprouvant et je crus bien ne jamais arriver au rez-de-chaussée.

Je m'arrêtai un instant et, n'entendant aucun bruit, ouvris doucement la porte. La forte lumière du hall d'entrée me brûla les yeux quelques instants, je les couvris de mon bras et avançai de quelques pas.

Soudain, je sentis une odeur prenante, une odeur de parfum et mon corps entra en ébullition, imaginant la nourriture proche. La faim s'amplifia, masquant une partie de la douleur, comme si mon corps s'apprêtait à se battre pour se nourrir et que pour cela, il avait besoin de moins ressentir la douleur. La rage explosa en moi comme un volcan en éruption, ma vue se brouilla à l'exception d'une zone bien distincte au centre... je perdais tout contrôle.

Je me mis à renifler l'air pour déterminer d'où venait l'odeur. Derrière moi ! Je me retournai lentement. La mère de June se tenait statufiée et ses yeux s'ouvrirent d'horreur à la vue du sang sur mes vêtements et ma bouche. Puis elle me reconnut.

— Caroline... mais... qu'est-ce que...

Elle était la mère de June, la femme qui m'avait accueillie si souvent chez elle avec tant de bonne humeur et qui avait fini par me considérer comme sa propre fille. Mais ces souvenirs ne faisaient plus le poids face à la faim qui me tenaillait. Je lui sautai à la gorge et mordis férocement. Le sang se répandit dans ma bouche et ma gorge en une vague salvatrice, me libérant instantanément de la douleur et dispensant une chaleur agréable qui me soulagea. Je ne pouvais plus m'arrêter, j'en voulais toujours plus et plus j'en buvais, plus j'en voulais.

Lorsque j'eus enfin ingurgité suffisamment de sang pour calmer la faim, mon esprit reprit peu à peu le contrôle et je me rendis compte de ce que j'avais fait.

Avant de mordre plus profondément et d'attaquer la chair, je trouvai la force de lâcher le corps sans vie et fis un pas en arrière, horrifiée. Elle s'affala sur le sol comme une poupée désarticulée.

Mon Dieu, qu'avais-je fait ?

Elle terminait de se vider de son sang sur le carrelage mat noir et blanc de l'entrée tandis que je reculais. Les larmes me submergèrent à la vue du corps inerte de cette femme si joyeuse et qui m'avait toujours accueillie avec le sourire. Elle ne rirait plus jamais.

Mon regard fut alors attiré par une présence dans l'escalier… June ! Elles s'agrippait à la main courante pour ne pas tomber, les larmes lui coulaient à flots sur les joues, elle était en état de choc.

Qu'avais-je fait ?

— *June, je…* voulus-je dire, mais les mots restèrent bloqués dans ma gorge.

Je venais de tuer la mère de mon amie. Jamais je ne pourrais me le pardonner. J'avais fait plus de mal à June que si je l'avais frappée à mort. Je vis sur son visage que la mort de sa mère… de ma main… venait d'éteindre une lumière pourtant si vive derrière ses yeux.

La mère de June n'était pas la seule victime. J'aurais voulu lui demander pardon, lui dire que ce n'était pas ma faute, que je ne contrôlais pas ce qui m'arrivait, mais je ne pouvais pas parler. Et quand bien même, cela aurait-il changé quoi que ce soit ? L'impardonnable était fait.

Je m'enfuis en courant, ne prenant pas la peine de claquer la porte derrière moi. Je courus aussi vite que je pus, mais la douleur musculaire revint si insupportable que je dus me résoudre à marcher. J'avais quitté mon quartier et ne prêtais pas attention aux passants qui me dévisageaient avec dégoût en voyant mon visage et mes vêtements couverts de sang … Je ne suis pas sûre qu'un seul d'entre eux m'ait reconnue.

Ce qui venait de se passer ne fit qu'augmenter ma détermination d'aller voir la police et de tout faire pour qu'ils m'abattent.

Ma route était tracée … La mort pour compagne permanente de mes pas n'était pas une option …

J'arpentai les rues sans faire de détour en direction du commissariat, ne regardant personne, la capuche couvrant parfaitement mon visage. Il n'y avait plus ni tristesse ni colère, juste une détermination sans faille.

Il faisait beau dans cet automne qui approchait et le soleil éclairait les rues, plongeant les ruelles latérales dans l'obscurité. C'était une belle ville en fait, je n'y avais jamais vraiment prêté attention … mais quelle importance finalement, tout ceci n'existerait plus pour moi d'ici quelques minutes.

Je voyais l'enseigne de la police qui grandissait à chacun de mes pas. Je ne saurais le jurer aujourd'hui, mais dans mon souvenir, la rue principale était complètement déserte et seuls quelques papiers transportés par le vent animaient l'espace … mais il s'agit certainement d'un souvenir tronqué dû à mon état d'esprit du moment.

Soudain, une main m'agrippa et m'attira dans une ruelle. Sans me laisser le temps de réagir, l'homme me plaqua contre le mur avec une telle force que j'en eus le souffle coupé.

— Ne fais pas cela, me dit-il.

Quelques quintes de toux me permirent de libérer ma respiration bloquée par le choc. Il recula d'un pas et me regarda fixement. Il avait le regard clair et il était d'une incroyable beauté, comme si sa peau était cotonneuse. Ses yeux dégageaient de la tristesse et une incroyable douceur.

— Ne fais pas cela, répéta-t-il.

Bizarrement, je n'eus aucune envie de m'enfuir, je me sentais en sécurité. D'un coup, toute envie de suicide, tout sentiment de tristesse et d'abandon m'avaient quittée... j'étais juste bien.

Je fis « non » de la tête pour lui signifier que je ne comprenais pas ce qu'il me voulait.

— Je sais ce que tu es.

À cet instant, je suis certaine qu'il put lire la surprise sur mon visage. Comment aurait-il pu savoir ? Personne ne savait.

— Cela fait deux jours que je t'ai retrouvée et que je te suis. Tu es perdue comme je l'ai été au départ mais je peux tout t'expliquer.

Alors c'était lui l'ombre qui me suivait, mais pourquoi n'était-il pas venu me voir plus tôt si réellement il avait des réponses à mes questions ?

— Ta mère et toi n'êtes pas seules contrairement à ce que tu penses. Nous sommes nombreux, disséminés un peu partout dans le monde. Le pouvoir de communiquer par la pensée que tu as est un don exceptionnel.

Comment pouvait-il savoir tout cela ? Nous n'avons vu ni parlé à personne... sauf à June. Oh mon Dieu !

— Non, n'aie pas peur, me dit-il alors que je tentais de m'enfuir.

Et à nouveau, un profond sentiment de plénitude m'envahit. Je ne voulais aller nulle part, je voulais simplement rester avec lui. Pour la première fois depuis mon réveil, je me sentais bien, en paix avec moi-même. La faim avait disparu ainsi que la douleur. Plus rien ne comptait… que lui.

— Je sais que tu ne peux toujours pas parler et tu as sans doute peur…

Non, pas du tout en fait, c'était ça qui était étrange, car je ne le connaissais pas alors qu'il semblait tout connaître de moi. Était-il réellement comme moi ?

— … mais je peux t'aider. J'étais comme toi, il y a longtemps. Tu penses être un zombie, tu es bien plus que ça, tu es exceptionnelle, tu es une Sicar. Nous avons les moyens de te redonner un corps normal, pas ce corps livide qui se décompose. Tu pourras parler à nouveau et retrouver une vie quasi normale… comme moi.

Et la faim ? Et la douleur ?

— Nous sommes les Delarivière. Une famille très ancienne. Et tu fais partie de cette famille. Je m'appelle Marc…

Tiens, ça c'est bizarre, comme le mien, enfin, je veux dire mon ex – même si dans les faits je ne l'ai jamais quitté.

— Marc Comble.

Tiens, je croyais que *nous* étions des Delarivière.

— Même si je ne porte pas le même nom que toi, je suis de ta famille, d'une racine lointaine. Si j'ai attendu avant de me montrer à toi, c'est parce que je devais être sûr.

Ah bon, sûr de quoi ? Et en fait, je m'en moque. Je me sens bien, rassurée, et c'est tout ce qui m'importe pour l'instant.

— Je devais m'assurer que tu avais perdu tout espoir, car sans cela, tu n'aurais eu aucune raison de me croire et de me suivre.

Te suivre ? C'est vrai. S'il peut m'apporter des réponses et me redonner une vie, il est certain que je vais le suivre. Et même sans réponse, je crois que je l'aurais suivi n'importe où.

— Maintenant que tu es prête à te suicider, tu vas pouvoir découvrir la vérité. La vérité sur toi, sur ton père, sur ta famille et surtout, sur *les Familles*. Si tu l'acceptes, je peux t'offrir une nouvelle vie où tu n'auras plus faim, plus mal et plus d'envie de meurtre. Qu'en penses-tu ?

Alors ?! N'avais-je pas raison en commençant cette histoire ? J'ai bel et bien été transformée et plus question pour moi d'être une enfant normale. Je n'ai plus d'existence, plus d'identité, toute ma petite vie d'adolescente s'est envolée d'un coup. J'en pleure encore aujourd'hui. Mes amis me manquent, mon père me manque. Je n'ai même plus June.

Ma mère va certainement me pourchasser et bientôt toutes les forces de police du pays. Je suis devenue un monstre assoiffé de sang bien malgré moi mais je n'arrive pas à trouver la force de mettre fin à mes jours même si en théorie c'est déjà fait.

Et je m'apprête à suivre un illustre inconnu pour avoir quelques utopiques réponses sur ma famille qui ne semble pas être une petite famille modèle.

Je ne suis pas la seule.

Est-ce réel ? Est-ce possible ? Ne vais-je pas mettre les pieds dans un nid de monstres puisque j'en suis un moi-même ?

Je suis heureuse que vous ayez eu la patience de suivre mon histoire jusqu'ici et j'espère que vous trouverez encore suffisamment de courage en vous pour lire la suite.

www.ingramcontent.com/pod-product-compliance
Lightning Source LLC
Chambersburg PA
CBHW071159260626
47162CB00003B/1110